SYLVIA SABROWSKI

Zechentod

SCHICHT IM SCHACHT Wenn die letzte Steinkohlenzeche Prosper-Haniel in Bottrop schließt, ist Schicht im Schacht: Die optimale Gelegenheit, um offene Rechnungen zu begleichen, bevor die Grube dichtgemacht wird? Ein vermisster Ex-Bergmann, ein mysteriöser Todesfall, Anschläge und Mordversuche im Schatten der sterbenden Zeche verlangen Liesa Kwatkowiak einiges ab. Clever, selbstironisch und mit einem ausgeprägten Einfühlungsvermögen versucht sie zusammen mit Computernerd Timo, Licht ins Dunkel zu bringen. In einer Zeit zwischen wehmütiger Nostalgie und hoffnungsvoller Aufbruchstimmung wird Liesa auf falsche Fährten gelockt und droht von eigenen Ängsten übermannt zu werden. Welche Rolle spielt der stadtbekannte Steiger? Ist der Täter in Liesas eigener Familie zu finden?

Sylvia Sabrowski wurde 1971 in Bottrop geboren, wo sie nach dem Studium der Psychologie und Pädagogik als Freiberuflerin arbeitet und mit Mann, Kindern und anderthalb Katzen lebt. Sie stammt selbst aus einer Bergarbeiterfamilie, hat noch Kohleöfen – mitunter auch die Küchentapete – brennen sehen, das Geräusch vom Kohlenscheppen im Ohr, die Arbeitskleidung der Bergleute auf den Wäscheleinen vor Augen und die Eigenheiten der Ruhrgebietler tief in ihrem Herzen. Einige ihrer Kurzgeschichten und Gedichte wurden in Anthologien veröffentlicht. »Zechentod« ist das Krimidebüt der Autorin.

www.sylviasabrowski.de

SYLVIA SABROWSKI

Zechentod

Kriminalroman

GMEINER SPANNUNG

Immer informiert

Spannung pur – mit unserem Newsletter informieren wir Sie regelmäßig über Wissenswertes aus unserer Bücherwelt.

Gefällt mir!

Facebook: @Gmeiner.Verlag
Instagram: @gmeinerverlag
Twitter: @GmeinerVerlag

Besuchen Sie uns im Internet:
www.gmeiner-verlag.de

Im Ehnried 5, 88605 Meßkirch
Telefon 07575/2095-0
info@gmeiner-verlag.de

1. Auflage 2019

Lektorat: Anja Kästle
Herstellung: Mirjam Hecht
Umschlaggestaltung: U.O.R.G. Lutz Eberle, Stuttgart
unter Verwendung eines Fotos von: © Frank Ebert / stock.adobe.com
Druck: CPI books GmbH, Leck
Printed in Germany
ISBN 978-3-8392-2520-2

Personen und Handlung sind frei erfunden.
Ähnlichkeiten mit lebenden oder toten Personen
sind rein zufällig und nicht beabsichtigt.

Wir Bergleut allzusammen
müssen alle gehen schwarz.
Schwarze Kittel und schwarz Leder,
das ist die Bergmannsart.
Schwarz müssen wir tragen,
trauern bei Lebenszeit,
weil mancher wird erschlagen,
gar tot in der Grube bleibt.

(aus einem alten Bergmannslied,
Verfasser unbekannt)

PROLOG:

Schicht im Schacht – Mit der Schließung der Bottroper Zeche Prosper-Haniel geht die Ära des Steinkohlenbergbaus in Deutschland zu Ende. »Wir wollen dem Bergbau einen würdigen Abschied bereiten«, sagt der Vorsitzende der Essener RAG-Stiftung. Am 21. Dezember heißt es »letzte Seilfahrt«, wenn der Förderkorb endgültig zum letzten Mal startet. Es ist eine zentrale Abschiedsveranstaltung an der Schachtanlage Franz Haniel in Bottrop geplant. 500 Vertreter aus Politik, Wirtschaft und Gesellschaft werden erwartet. Auch der Bundespräsident hat zugesagt. Ein Abschied mit Tränen und Trauer, nicht ohne einen Blick in die Zukunft zu gewähren und Signale des Aufbruchs zu setzen.

(Stadt-Anzeiger Bottrop, Dezember 2018)

1

»Der kommt nicht mehr wieder«, schluchzte Martina Goretzka in ihr Taschentuch. »Nie mehr, wenn wir jetzt nichts machen.« Sie blickte mascaraverschmiert auf und sah zuerst in Onkel Willis teigiges Gesicht, dann auf Oma Kwatkowiaks Rücken. Schließlich traf ihr Blick Liesa und ließ sie nicht mehr los. »Bei der Polizei haben die mich ausgelacht. Mich von oben bis unten angeguckt und dann gesagt: ›Ihr Mann wird was Besseres gefunden haben. Der ist abgehauen.‹ Als ob Andy einfach so abhauen würde!«

Liesa schob einen unsichtbaren Krümel von der buntgemusterten Wachstischdecke. Omas Tischdecken waren der Kracher. Am besten fand sie die Sonnenblumenornamente und die selbst angeklöppelten Glitzerfransen.

»Was ist eigentlich mit Julia?«, fragte sie die Tischdecke.

»Die Julia ist doch weggezogen«, erklärte Martina. »Kaum verheiratet, ist sie ständig woanders. Zuletzt konnte ich sie telefonisch kaum erreichen. Und sie kann nicht mal eben um die halbe Welt hierher fliegen.«

Liesa erinnerte sich an ihre Schulfreundin und schmunzelte bei dem Gedanken an die gemeinsamen Sommernachmittage im Garten ihrer Oma oder nebenan bei den Goretzkas. Sie selbst hatte es immerhin bis nach Bochum-Querenburg gebracht. Wenn ihr nicht bald etwas einfiel, war es das. Dann konnte sie auch diesen Teil ihrer Zukunft abhaken. Kälte grub sich in ihren Bauch wie eine Hand.

»So is datt mit den Töchtern. Aber was macht denn dein Timo?« Omas Frage riss Liesa aus ihren Gedanken. Ach ja, Timo. Julias kleiner Nervensägenbruder. Liesa grinste. Meine Güte, war der ihr und Julia auf die Nerven gegangen. Überall wollte er mit hin, verfolgte sie noch nach der x-ten Abfuhr, ließ auch nicht locker, als sie ihn auslachten oder bloßstellten, wie es nur elfjährige Mädchen tun konnten. Oma Kwatkowiak ließ sich auf ihren Stuhl gleiten, während sie eine Kanne Kaffee auf den Tisch stellte. 77 Jahre, dachte Liesa. Bewegt sich wie eine Raubkatze und ist geistig fitter als Gandhi und Mutter Teresa zusammen. Nimm dir mal ein Beispiel an Oma, ermahnte sie sich.

»Ich habe ihm auf die Mailbox gesprochen, als ich das mit Andy herausgefunden habe. Jetzt hat er doch so viel mit seinem Studium um die Ohren.«

Omas Gesicht erhellte sich. »Ja, weißte, unsere Liesa hat ja auch so viel mit ihrem Studium zu tun, ne?«

Liesa starrte sie an. »Ach, Omma …«, wehrte sie ab. Nimm dir lieber kein Beispiel an Oma.

»Komm, datt muss dir nich peinlich sein. Erzähl der Martina doch, dass du bald fertige Psychologin bist.« Sie sprach das Wort wie »Ziechologin« aus und setzte sich dabei so kerzengerade an ihren Küchentisch, dass sie um etwa zehn Zentimeter wuchs. Gleichzeitig schrumpfte Liesa um satte 50 Zentimeter, jedenfalls kam es ihr so vor.

»Und das, obwohl deine Mutter –« Oma verstummte, als sie Liesas Ausdruck sah. Ganz ungünstiges Thema, dachte Liesa. Ganz schlecht jetzt. Die kalte Hand grub sich tiefer in ihren Bauch hinein und machte Anstalten, sich einmal perfekt um sich selbst zu drehen, sodass ihr übel wurde. Herzklopfen, Schweißausbruch. Scheißangst, dachte sie. Aber das half nicht. Es hatte bisher nie geholfen, sich zu ärgern, wenn dieser Zustand über sie kam.

»Onkel Willi«, sprach sie ihn an. »Du hast noch gar nichts dazu gesagt.« Gelungener Themenwechsel. Ging doch. Willi ließ einen Keks im Mund verschwinden, spülte mit Kaffee nach und drehte sich dann langsam zu Liesa.

»Zu was?«, brachte er hervor, während ein nasser Krümel auf seiner Oberlippe auf und ab hüpfte.

Die drei Frauen gingen ihn gleichzeitig an:

»Na, der Andy.«

»Dein Nachbar, Willi!«

»Der Andy ist weg, dem ist bestimmt was passiert!«

»Meine Güte, ihr wart so lange zusammen auf der Zeche, und jetzt kennste den nicht mehr?«

»Döspaddel.« Letzteres hatte sich Oma herausgenommen. Drei Augenpaare starrten ihn böse an.

»Ja, wo ist er denn?« Willi erkannte nun offenbar den Ernst der Lage. Er wischte sich mit einer Hand über das Gesicht, schob seine Kaffeetasse weg und richtete sich auf. Sofern ein fettleibiger Mann mittleren Alters, Onkel Willi eben, sich überhaupt aufrichten konnte. Er blieb stehen und legte eine Kunstpause ein. »Denkt mal an Lotto«, sagte er schließlich und bewegte seinen massigen, in ein fleckiges Unterhemd und schlabberige Hosen gekleideten Körper hinaus. Die drei Frauen ließ er mit ihren fragenden Blicken zurück.

»Was meinte der?«, wollte Martina wissen.

»Er muss wohl noch Lotto spielen. Oder die Zahlen nachgucken? Aus Willi werd ich nicht schlau«, sagte Oma und füllte Kekse nach. Rollende Augen. Ungläubiges Schweigen. Lange Gesichter.

»Na gut, fassen wir mal zusammen.« Oma fing sich als Erste wieder und schob die Ärmel ihres Strickpullis hoch, den sie unter dem wild gemusterten Kittel trug. »Andy ist weg. Die Polizei tut nichts, die Kinder haben wie so oft keine Zeit und Willi ist auch keine Hilfe. Dann sind wir jetzt dran. Was könnte mit Andy passiert sein? Warum ist er weg und wohin?«

Martina nickte und hörte nicht mehr auf zu nicken.

Oma Kwatkowiak sah sie eindringlich an. »Hömma,

du musst uns schon ein bissken mehr erzählen, wenn wir den Fall lösen sollen.«

Jetzt war es Liesa, die nickte. Fall lösen, ja nee, ist klar. Sind wir Miss Moppel und Doktor Holms? Martinas Gesichtsausdruck veränderte sich und als legte sich in ihr ein Schalter um, begann sie, ausführlich zu erzählen. Okay, dachte Liesa. Ermitteln wir doch mal ein bisschen. Das war immer noch besser, als mit Oma das zu besprechen, was sie eigentlich hierhergeführt hatte. Es musste doch herauszufinden sein, warum Andy verschwunden war. War ihm etwas zugestoßen? Hatte er etwas ausgefressen? War er geflohen? War überhaupt irgendetwas passiert oder saß Andy gemütlich auf Tante Hettis Sofa und parlierte, während seine Frau umkam vor Sorge und die Kwatkowiakfrauen zu Detektivinnen mutierten? Die kalte Hand zog sich langsam zurück. Liesa konzentrierte sich auf Martinas Schilderungen und wurde immer neugieriger.

Sie erfuhr, dass Andreas Goretzka am Samstagabend zuletzt gesehen worden war. Wie in den ganzen Wochen zuvor hatte er zu Hause spätabends noch vor dem Laptop gesessen, als seine Frau ins Zimmer kam, um ihm zu sagen, dass sie müde sei und ins Bett ginge. Da war es ungefähr 23.20 Uhr.

»Mach nicht mehr so lange«, hatte sie gesagt.

»Ich muss noch«, hatte er geantwortet. »Ich werd sonst nicht fertig damit.«

Am nächsten Morgen brannte in seinem Arbeitszimmer nach wie vor Licht. Andreas Goretzka war verschwunden, samt Laptop, Schlüssel, Handy und Brieftasche. Das Auto stand noch vor dem Haus.

»Er ist sonst nie einfach so weggegangen. Irgendwas stimmt da nicht. Den Tag über habe ich einfach abgewartet, dann abends seine Freunde und Kollegen angerufen. Nichts. Keiner hat was von ihm gehört, keiner weiß was. Die Krankenhäuser habe ich abtelefoniert und es auch bei seiner Mutter versucht. Frag mal eine demente alte Frau unauffällig nach ihrem verschwundenen Sohn, ohne ihr Angst zu machen.«

Liesa und ihre Oma machten verständnisvolle Gesichter.

»Jedenfalls habe ich alles und jeden angerufen. Er hat ja auch gar nicht mehr so viele Freunde, seitdem er vom Pütt weg ist. Gestern habe ich es nicht mehr ausgehalten und in seinen Sachen rumgewühlt. Sowas tue ich sonst nicht, aber was sollte ich machen? Ich fand einen Zettel mit einer Telefonnummer in seiner Jackentasche.«

Oma schaute Martina zweifelnd an und hob eine Augenbraue.

»Nee, keine Liebschaft. Eine Psychotherapeutin hier in Bottrop. Da wollte man mir aber nichts sagen, also ob er da war oder so.« Martina stockte, wischte sich neue Tränen weg. »Ich wusste ja, dass er Probleme hatte.«

»Das bleibt eben nicht in den Klamotten hängen«, kommentierte Oma.

Martina nickte. »Andy hat oft telefoniert, und wenn ich reinkam, legte er schnell auf.«

»Meinst du«, setzte Liesa an und wusste nicht, wie sie es formulieren sollte. »Meinst du, er hat …?«

»Ob er sich was angetan hat?« Martina überlegte. »Ich weiß es nicht. Ich versteh das auch alles nicht. Ständig hing er über seinem Laptop, ließ mich nie gucken, was er da machte. Die heimlichen Anrufe. Die vielen Termine. Ich denke jetzt, es waren vielleicht Arzttermine oder welche bei der Therapeutin, weil er sich immer stadtfein angezogen hat, bevor er los ist. Schlecht geschlafen hat er, das weiß ich. Immer weniger gemacht, irgendwann ist er nur noch so herumgesessen. Bis er dann ständig mit dem Laptop beschäftigt war. Aber er hat mir nichts gesagt, wollte einfach nicht. ›Ich mach das schon‹, hat er gesagt. ›Das muss ich ganz allein packen.‹ Mit irgendwas kam er nicht klar.«

»Ist denn etwas an dem Abend passiert, bevor er verschwunden ist?«, fragte Liesa, nun wissbegierig geworden. Das Rätsel musste schließlich zu lösen sein.

»Er hat telefoniert, als ich reinkam. Hörte aber auf zu sprechen, als ob ich nichts mitbekommen sollte. Er war ganz blass. Ich glaube«, Martina sah Liesa fest in die Augen, »er hatte Angst.«

Angst – Liesa fühlte sich ertappt. Ihr Herz schlug schneller.

»Und jetzt hab ich Angst um ihn. Ich hab doch sonst keinen.«

Martina tat ihr leid. Oma schaute sie auffordernd an. »Geh mal mit rübber, Liesa-Schätzken. Guck mal, ob du da was rausfinden kannst.«

Ein tiefer Seufzer entfuhr Liesa, der ihr für einen Augenblick etwas Zeit verschaffte und die kalte Hand in ihrem Bauch wie auch alle sonstigen Geister verscheuchte. »Okay«, hörte sie sich sagen. »Ich werd schauen, was ich machen kann.«

Zu Befehl, Constable Gertrude Kwatkowiak. Miss Moppel übernimmt die Ermittlungen. Schließlich kann ich mich hier nützlich machen, der lieben Martina in dieser schweren Stunde helfen und dem heimischen Schreibtisch eine Zeit lang entkommen. Herzlichen Glückwunsch zu Ihrer ersten Mandantin. Oder ist es eine Klientin, Frau Doktor Psych? Wie dem auch sei. Mit dieser grundsätzlichen Ahnungslosigkeit ging es gleich prima los.

Liesa konnte trotz allem über sich lächeln.

*

Er fällt. Tausend Meter tief ins Dunkel, in die bodenlose Dunkelheit, das Bodenlose. Tausend Meter tief und noch tiefer ins Bergfreie.

2

Die Goretzkas wohnten, wie Oma und Willi im Nachbarhaus, in einem Vierspänner, Eingang auf dem Hof, Schuppen und Garten dahinter. Das Haus aus Bergwerksziegeln war zweigeschossig, wobei vier Wohnungen ähnlich Reihenhäusern einen eigenen Hauseingang besaßen, je einer links und rechts und zwei hinten auf dem Hof. Zu jeder Wohnung gehörte ein Garten mit einem Schuppen als Stall, eine gemauerte Schweinekuhle oder dieselbe als Komposthaufen umfunktioniert und ein Plumpsklo im kleinen Stallgebäude. Später wurden die Höfe durch eine Mauer zwischen Haus und Stall getrennt. Kohleöfen, Wohnküche, Ochsenblutfarbe auf der Holztreppe und den Dielen. Zugegeben, die Goretzkas hatten sich im Laufe der Zeit eine moderne Gasheizung und zwei Bäder samt spülrandlosen Wand-Hänge-WCs inklusive Softclose-Deckeln eingebaut, das Plumpsklo im Stall zugeschüttet und überhaupt aus dem rund einhundert Jahre alten Häuschen ein recht gemütliches Heim im Martina-Goretzka-Style geschaffen. Das Heimelige verschwand schlagartig, als die Hausherrin die Tür hinter sich schloss und Liesa einfiel, warum sie eigentlich hier waren. Der Haus*herr* war verschwunden.

»Wo genau war Andreas zuletzt am Samstagabend?«

Martina zeigte auf die Treppe. »Oben in seinem Arbeitszimmer. Geh ruhig schon vor, ich …« Sie war sichtlich nervös, aufgewühlt, fahrig. »Ich schau mal nach dem Zettel mit der Telefonnummer.«

Alles klar, zu Befehl. Liesa stieg die Holztreppe hoch, berührte dabei die gedrechselten Geländerstäbe und dachte kurz daran zurück, wie sie mit Julia viele Male aufgeregt, wie es nur Teenager sein können, die Treppe hochgehastet war, um anschließend in Julias Reich zu verschwinden, über Jungs zu reden oder über andere rätselhafte Begebenheiten ihrer Zeit. In der ersten Etage zweigten drei Räume ab. Links Julias Zimmer, dann das Duschbad und rechts das Zimmer von Julias kleinem Bruder Timo.

Die Tür stand offen. Liesa sah auf einen hellen Schreibtisch, einen blaugemusterten Teppich und mehrere Schalke-Poster. Hier hatte Andy also sein »Arbeitszimmer«. Sie betrat den Raum und sah sich um. Es war so, als sei die Zeit stehengeblieben in diesem Jugendzimmer samt Schlumpfbettwäsche und Schalketeddy. Liesa rollte mit den Augen. WM-Devotionalien aus dem Jahr 2006, dem Sommermärchen, das doch märchenuntypisch mit dem Sieg der azurblauen Italiener ausging. Erinnerte sie sich richtig? Jedenfalls schmückten schwarz-rot-gelbe Blumengirlanden, ein Nationaltrikot und einige undefinierbare Fanartikel die Wände, Vitrinen und den winzigen Fernseher.

Auf dem Schreibtisch musste kürzlich noch etwas gestanden haben. Liesa erkannte leichte Abdruckspuren und einen Umriss im Staub. Das wird Andys Laptop gewesen sein, vermutete sie. Ein Drucker befand sich daneben im Regal. Er stand so schief, dass er herunterzufallen drohte. Das entsprach der übrigen Ordnung im Hause Goretzka ganz und gar nicht. Das Verbindungskabel lag anschlusslos auf dem Schreibtisch. Liesa konnte sich vorstellen, dass Andy regelrecht losgelaufen war, dabei das Kabel herauszunehmen vergaß und es deshalb aus dem Laptop riss. Keine Frage, hier hatte Andy seine rätselhafte Laptopbeschäftigung ausgeführt.

Was ist mit dir passiert, Andy? Du bist ein sorgfältiger Mensch, würdest das Kabel nie einfach so herausreißen. Was hat dich dazu gebracht, Hals über Kopf abzuhauen?

Als Liesa im Begriff war, den Drehstuhl zur Seite zu schieben, stieß sie auf ein Hindernis. Beine ragten unter dem Schreibtisch hervor. Ein männlicher Hintern. Da liegt einer! Scheiße, Martina. Hast du mich hier rübergeholt, damit ich deinen toten Andy hier finde? Hast du ihm eins übergebraten und ihn dann hier liegengelassen?

Pures Entsetzen überfiel Liesa. Ein eiskalter Schauder durchlief ihren Körper. Plötzlich zuckte die Leiche. Liesa erschrak so heftig, dass sie aufkreischte. Der Liegende bäumte sich auf und stieß sich fluchend den Kopf.

Es war Timo, allerdings in einer neuen Version: erwachsen und attraktiv. Liesa wusste nicht, was sie mehr erstaunte – das Leichenerwachen oder die Metamorphose eines neunjährigen Glasbausteinträgers zu einem Adonis. Himmel. Er war groß gewachsen, schlaksig-sportlich, hatte dunkle, kurze Haare, einen offenen Blick und nun vermutlich eine Beule am Hinterkopf.

»Ihr kennt euch ja«, hörte sie Martina lapidar sagen. Offenbar hatte sie den Lärm gehört und war herbeigelaufen.

Ich kenne eine neunjährige Nervensäge, dachte Liesa. Was hier vor mir steht, ist ein Chippendale-Männer-Monster. Ein Blick auf die Schlumpfbettwäsche brachte sie jedoch wieder auf den Boden der Tatsachen zurück.

»Ja, klar«, meinte Timo, rieb sich den schmerzenden Hinterkopf und zog ein Gesicht. »Wir kennen uns.« Schwang da ein Vorwurf mit?

Er begrüßte seine Mutter mit einer Umarmung und erklärte kurz, dass er einen Schlüssel habe, und weil auf sein Schellen niemand reagiert hätte, sei er hineingegangen und habe sich schon mal umgesehen.

»Ich habe Liesa gebeten, mir zu helfen. Also, uns zu helfen«, erklärte Martina.

»Ach ja?«, fragte Timo.

Warum ausgerechnet die?, erriet Liesa seine Gedanken. Wie damals, als sie beim Sport nicht gewählt wurde, weil sie mopsig und ungelenk war und innere Werte beim Mannschaftssport nun mal nicht zählten. Das war glücklicherweise vorbei. Alles, bis auf das Moppeltum. Er ist noch immer ein nerviger Neunjähriger, dachte sie.

Timo überlegte vermutlich, ob er Liesa kondolieren sollte. Er zögerte etwas zu lange, bis ihn seine Mutter vorwurfsvoll ansah und wieder das Wort ergriff.

»Gut, dass du da bist, Timo. Vielleicht könnt ihr zusammen nach Papa suchen. Ich weiß mir keinen Rat mehr.«

Als wieder Tränen flossen, nahm Timo seine Mutter noch einmal in den Arm.

»Wir machen das schon.«

Liesa nickte und kam sich dabei seltsam vor. Was tat sie hier eigentlich? Sollte nicht besser die Polizei aktiv werden? Schon, aber die wollte bekanntermaßen nicht. Also blieb ihr wohl nichts anderes übrig. Resigniert blickte sie Martina nach, die wieder zu ihrem Zettel entschwand.

Timo suchte auf dem Boden nach Hinweisen. Etwas, was von Andys Flucht übriggeblieben war.

Liesa entdeckte ein Männchen aus Plastik. Mit Glatze, finsterem Blick und schwarzer Kleidung wirkte es unfreundlich. »Ein Schlüsselanhänger?«, fragte sie und hob ihren Fund hoch.

»Gargamel«, bemerkte Timo. »Der böse Zauberer von den Schlümpfen.« Timo kannte sich offensichtlich aus. »Cool«, meinte er und zog den Zauberer in der Mitte auseinander. Es offenbarte sich ein USB-Stick. »Dann hat er hier hoffentlich etwas Brauchbares hinterlassen.«

Timo berichtete, dass er den Laptop eingerichtet und seinen Vater instruiert hatte, regelmäßig Sicherungskopien anzulegen. Er hätte ihm ja zu einer Cloud geraten und angeboten, ihm eine eigene einzurichten. Aber Andy war skeptisch geblieben. Eine Cloud war ihm nicht sicher genug.

»Das muss man sich mal vorstellen«, ärgerte er sich. »Ein typischer Digital Immigrant. Mein Vater hat online gar nichts gemacht, kein Online-Banking, keine E-Mails, kein Internet. Er hat der Sache nicht vertraut, obwohl ich ihm das alles tausendmal erklärt habe.«

»Was hat er dann wohl hauptsächlich am Laptop gemacht?«, wollte Liesa wissen.

»Also, online nichts. Das Schreibprogramm sollte ich ihm erklären und den Drucker anschließen.«

Liesa überlegte. »Hat er Briefe geschrieben oder Bewerbungen?«

»Nee, er hat gar nichts ausgedruckt. Letztens wollte ich diesen Drucker benutzen, weil ich dringend eine Seminararbeit abgeben musste und meiner den Geist aufgegeben hat. Die Patronen waren eingetrocknet, komplett unbrauchbar. Ein Griff ins Klo.«

»Hat er einen umfangreicheren Text verfasst? Eine Geschichte, ein Manuskript?«

Timo lachte auf. »Nee, mein Vater hat nie geschrieben. Nicht mal eine Postkarte wollte er unterschreiben. Das hat meine Mutter für ihn gemacht.«

Aber Andy hat offensichtlich doch geschrieben, und zwar, dachte Liesa, weil er sich gezwungen fühlte. »Ich werd sonst nicht fertig damit«, hatte er seiner Frau gesagt. Mit der Arbeit, dem Schreiben oder womit? Was muss man unbedingt schreiben? Was musste Andreas Goretzka schreiben, Abend für Abend, weil er sonst nicht klarkam, und warum floh er eines späten Abends mit dem Laptop? War er verrückt geworden?

»Kennst du dich mit sowas aus?«

Liesa fühlte sich erwischt und hüstelte. »Wer nicht?« Er meinte natürlich den Technikkram. Auskennen, das wäre wohl etwas übertrieben. Fürs Überleben reichte es. Timo nahm auf dem Bett Platz, holte sein Notebook aus der Reisetasche hervor, die daneben auf dem Boden stand, fuhr das Gerät hoch und steckte den USB-Stick ein. Liesa setzte sich neben ihn.

»Wir leben in einer digitalen Welt«, referierte er. »Alles läuft digital. Wir kaufen, bezahlen, bestellen, ordern, kommunizieren …«

»Okay, Timo«, begann Liesa. »Dann finde deinen Vater doch ganz einfach – digital.«

Timo schaute auf.

»Das würde ich ja gern«, seufzte er. »Aber mein

Vater ist so was von …« Er suchte nach dem richtigen Begriff. Neunziger, dachte Liesa.

»Analog«, sagte Timo schließlich.

Liesa grinste, bis ihr Timos fragende Miene auffiel. »Anna Log«, erklärte sie. »Ein Quatschname. Anna Gramm, Anne Theke, du weißt schon.«

Timo sah sie leicht vorwurfsvoll an, konnte sich aber ein Lächeln nicht verkneifen. Schließlich wandte er sich wieder dem Notebook zu.

»Ich sammle die«, fuhr Liesa fort. Der Name wird später auf die Liste kommen, dachte sie, und zwar entweder analog mit dem guten alten »Stift auf Block«-Trick oder sie würde es digital angehen und ihn in den Laptop hacken. Denn Liesa konnte beides. Sie war eine Allzweckwaffe. Ein Kracher. Eine Granate. Ein ganzes Bombenuniversum. Und gerade nicht bei der Sache. Denk an die Schlumpfbettwäsche. Ausgewaschene, kindlich-alberne Feinbiber-Schlumpfbettwäsche mit einem abgeliebten Schalketeddy, befahl sie sich. Eigentlich niedlich. Und der Kerl roch zu allem Übel auch noch gut.

»Das wird nix.« Timo riss Liesa aus ihren Gedanken. »Der Stick enthält keine Daten. Sie müssen kürzlich gelöscht worden sein. Der letzte Zugriff war … warte mal.« Timo drückte flott einige Tasten. »Am 15. Dezember. Das war der letzte Samstag. Um 23.16 Uhr.«

Liesa schluckte. »Da ist er verschwunden.«

Timo nickte.

»Er hat die Daten kurz vorher gelöscht. Um Spuren zu verwischen?«

»Vermutlich. Das war es dann wohl. Mensch, Vatter, was hast du zu verbergen? Was für ein Spiel wird hier gespielt?«, fragte Timo den Bildschirm. Enttäuschung machte sich breit.

»Da muss aber etwas sein.« Liesa stellte sich vor, wie Andy Goretzka am letzten Samstagabend telefonierte, in Panik geriet, sich sofort auf den Weg machte, vielleicht von einer Person bedroht die Flucht ergriff, ohne jemandem ein Sterbenswort zu verraten.

»Er muss es sehr eilig gehabt haben. Vielleicht hatte er Todesangst«, sagte Liesa. »Trotzdem hat er vorher noch die Daten von diesem Stick gelöscht. Das dauert doch seine Zeit, oder? Das muss also etwas zu bedeuten haben.«

»Ja«, antwortete Timo. »Das muss ihm wichtig gewesen sein.«

»So wichtig, dass er es riskiert, dafür Zeit verstreichen zu lassen. Dieser Stick ist der Schlüssel«, betonte Liesa und sah Timo von der Seite an.

Der schüttelte nachdenklich den Kopf.

»Okay«, sagte er schließlich. »Ich muss einen Weg finden, die Daten zu retten.«

»Das geht?«

»Mit viel Glück und auch nur, wenn die Daten noch nicht überschrieben sind. So clever ist mein Vater auch wieder nicht. Ich werde ihn finden, den Alten. Egal wie. Das hat er nicht verdient, irgendwo zu hocken und sich verstecken zu müssen. Oder dass er irgendwo liegt.«

Hoffentlich ist ihm nichts passiert, dachte Liesa.

Was, wenn er in akuter Gefahr ist? Oder ihn schon jemand anderes gefunden hat und …?

Timo tippte etwas in sein Notebook, bis sich seine Miene aufhellte. Er lächelte ein charmantes Jungenlächeln. »Ich treffe mich heute Abend mit jemandem, der sich unseren Gargamel ansehen kann. Versprechen kann er nichts, aber immerhin. Und es dauert wohl eine Weile, das geht nicht so schnell.«

Liesa nickte zufrieden. »Immerhin eine Chance. Was machen wir bis dahin?« Sie bereute die letzte Frage schon, als sie sich selbst sprechen hörte, und bemerkte, dass ihre Wangen heiß wurden. Schlümpfe, denk an Schlümpfe, ermahnte sie sich. Doch ihr kam Gargamel in den Sinn, der böse Zauberer. Böse Zauberer waren weitaus attraktiver als Schlümpfe. Das klappte also nicht. Denk an etwas völlig Unattraktives.

»Gargamel.«

»Was?«

Liesa zuckte zusammen. »Hab ich laut gedacht?«

»Nein, ich kann Gedanken lesen. Konnte ich schon immer«, antwortete Timo ironisch.

Besser nicht, dachte Liesa und schaute ihn an. Du bist ein verdammt gutaussehender Kerl geworden, dachte sie auch. Als er grinste, fühlte sie sich erwischt.

»Lotto«, sagte sie schnell.

»Was ist damit?«

»Das müssen wir wohl den Willi fragen.«

»Ach?«

»Ja.« Denk mal an Willi, befahl sich Liesa. Erst an

den. Und später vielleicht an den Zauberer. Eines nach dem anderen.

Martina fing sie am Treppenabsatz ab. »Hier ist die Telefonnummer, die ich in Andys Jacke gefunden habe.« Sie reichte Liesa einen Zettel und ergänzte: »Die Psychologin.«

Martina erzählte Timo, wie sie an den Zettel gekommen war und dass sie bisher keine Informationen habe erhalten können. Eine Frau habe abgenommen, sich als Praxis für Psychotherapie und irgendwas vorgestellt und nach der ersten Frage abgewiegelt.

Timo gab die Telefonnummer in sein Smartphone ein und las vor: »Frau Dipl.-Psych. Carina Vogel, Psychotherapie, Lebensberatung, Hypnose. Alle Kassen.« Die Adresse stand ebenfalls dabei.

»Na, prima«, murmelte Liesa. »Sie wird uns nichts sagen dürfen. Schweigepflicht.«

»Aber, falls mein Vater bei ihr war, vielleicht weiß sie, was mit ihm los ist? Wo er jetzt ist? Was ihm passiert ist?« Timo sah Liesa auffordernd an. »Das ist doch eine Kollegin von dir. Kannst du nicht was machen? Dich mit ihr kurzschließen, so unter Kolleginnen?«

Liesa wehrte innerlich ab. Ich bin noch lange nicht fertig mit dem Studium und werde auf ganzer Linie versagen, wenn das so weitergeht, dachte sie. Trotzdem rief sie in der Praxis an, hörte die Stimme einer freundlich-interessierten Frau, vermutlich mittleren Alters, und behauptete:

»Guten Tag. Ich muss leider den Termin von Herrn Goretzka absagen. Andreas Goretzka.«

Rascheln war am anderen Ende der Leitung zu hören und freundliches Bedauern.

»Er hat heute gar keinen Termin? Erst am Donnerstag um elf? Wie immer donnerstags?« Liesa grinste. »Oh, dann habe ich mich wohl im Kalender verguckt.« Sie verabschiedete sich rasch. »Jetzt wissen wir das. Er ist Patient dort.«

»Damit sind wir ein bisschen weiter«, kommentierte Martina.

Ja, ein winziges Minibisschen. Einen Millimeter. »Aus ihr ist nichts mehr rauszukriegen, das ist eine Sackgasse. Und mit der Praxis wird Andy doch am späten Samstagabend nicht telefoniert haben?«, fragte Liesa.

Timo wirkte plötzlich alarmiert. »Als du ihn am Samstagabend gesehen hast, hat er da mit seinem Handy telefoniert?«, fragte er seine Mutter.

»Nein, er hatte unser Telefon in der Hand.«

Timo schlug sich vor die Stirn. »Wie unschlau.«

Liesa und Martina schauten sich fragend an. Timo prüfte den Speicher des schnurlosen Telefons und fand die Nummer, die Andy zuletzt angerufen hatte. Per Smartphone-Recherche war schnell klar, dass es sich um die Telefonnummer von Matthias Schleheck handelte.

Martina kannte ihn. »Das ist der Steiger, mit dem Andy und Willi früher zusammengearbeitet haben«, meinte sie. »Ein ganz toller Typ. Man sieht ihn jetzt ständig in der Zeitung und im Fernsehen.«

Timo rief den Steiger Schleheck von seinem Handy aus an, um zu erfragen, ob ihm an Andy etwas aufgefallen war beim letzten Telefonat. Hatten sie sich verabredet? War Andy zu ihm gefahren? Worum ging es eigentlich in dem Gespräch? Aber Schleheck war nicht erreichbar. Sie würden es später noch einmal versuchen.

Frau Hemlock Holz und Doktor Motzen. Gab es eigentlich eine Detektivfigur mit einer neunjährigen Nervensäge im Schlepptau? Nein? Das wäre ein Alleinstellungsmerkmal. Na toll.

*

Sein Schrei bleibt ungehört, verhallt, wird von den groben Felswänden geschluckt, die in die unvorstellbare Tiefe ragen. Unvorstellbar tief hinabreichen.

3

»Was ist am Samstagabend passiert, Willi?«, fragte Liesa direkt.

»Gar nix.« Willi stemmte sich gegen Omas Küchentisch, als könnte er damit den Fragen ausweichen. Vor ihm lag das Bottroper Käseblatt, der Stadt-Anzeiger. Die Seite mit dem Kreuzworträtsel war aufgeschlagen.

»Mensch, Willi, jetzt gib dir mal einen Ruck«, forderte Liesa. »Er war doch sonst immer samstagnachmittags da, um das Lottogeld zu holen. Bis um 19 Uhr muss er den Schein abgegeben haben.« Sie ließ nicht locker. »War Andy letzten Samstag hier, am Tag seines Verschwindens?«

»Was wollt ihr denn vom Andy? Dem wird schon nichts passiert sein, hat die Polizei doch auch gesagt.«

»Das ist das erste Mal, dass dich interessiert, was die von der Polizei sagen,« mischte sich Oma Kwatkowiak ein. Sie eröffnete Timo und Liesa, dass sie Willi vor einigen Wochen aufgenommen hatte, weil er wortwörtlich auf der Straße stand.

»Ich konnte ihn ja nicht wegschicken, wie er dastand,

mit seinem Koffer und nichts anne Füße. Erst hatte meine Tochter ihn von zuhause rausgeschmissen, dann hat ihn die Polizei kassiert.«

»Wie jetzt?«, fragte Liesa. Wessen wurde er verdächtigt? War ihr Onkel wirklich kriminell, etwa gefährlich? Hatte er etwas mit Andys Verschwinden zu tun?

»Er war in Untersuchungshaft, der Willi«, erklärte Oma Kwatkowiak. »Ne, du alten Ganove, haste wieder Mist gemacht?«

»Die konnten mir nichts nachweisen, weißt du doch.« Er grinste und wirkte fast ein bisschen stolz. »Bin eben schneller als mein Schatten«, sagte er und schaukelte mit dem Oberkörper hin und her wie ein Kind. »Außerdem war ich nicht in U-Haft, sondern nur vorläufig festgenommen. Ohne Zeugen keine Anklage. Alles paletti.«

Oma Kwatkowiak fixierte ihn mit den Augen. »Kappeskopp. Du bist schneller mit den Fäusten, als du denken kannst. Und datt ist auch schon nicht schnell.« Ihre Schelte schien den Schwiegersohn nicht zu erschüttern.

Liesa schaute auf das Kreuzworträtsel. Onkel Willi hat eine unkonventionelle Art, das Rätsel zu lösen, dachte sie. In manchen Kästchen standen gleich mehrere Buchstaben. Was nicht passt, wird passend gemacht. Kreative Problemlösung. Sie musste innerlich schmunzeln.

»Hat dir der Andy irgendwas gesagt? Wo er hinwill oder was überhaupt los ist?«, nahm Liesa den Faden wieder auf. Willi griff nach der Kaffeekanne und goss sich ein. Sie betrachtete seine Hände. Irgendetwas war seltsam. Sie wusste zunächst nicht, was es war. Er zitterte nicht, verschüttete nichts. Keine Flecken, keine Schrammen, keine Verletzungen, die auf einen Kampf oder ein Wegschleppen hindeuteten. Da war nur der Schmutz unter Willis Fingernägeln. So schwarz, als sei er kürzlich erst unter Tage gewesen. Ihr Onkel Willi war aber seit drei Jahren in der Anpassung, also mit Ende vierzig als Frührentner aus dem Bergbau ausgeschieden. Genau wie Andy und weitere Kumpel. Er war sonst zwar auch nicht penibel, was die Maniküre der fleischigen Hände betraf. Aber das fiel Liesa doch auf. Sie hatte keine Ahnung, warum. Klasse, Frau Schermbeck Horst. Läuft für dich, das Ermitteln hier.

Als Willi Liesas Blick wahrnahm, versuchte er, seine Finger zu verbergen.

»Andy hat abends noch mit einem …«, begann Liesa.

»Schleheck«, ergänzte Timo.

»Ja, genau, mit einem Schleheck telefoniert.«

Willi stierte auf den Tisch.

Oma Kwatkowiak zog die Zeitung zu sich heran. »Guckt mal an«, sagte sie und raschelte mit dem Papier, um dann auf ein Bild zu tippen. »Da ist er doch. Der Steiger Schleheck. Willi, den kennste noch, ne? Ihr ward doch unter dem auf der Zeche. Du und Timos Vater.«

Willi grunzte nur in sein fleckiges Unterhemd. Liesa besah sich den Zeitungsartikel genauer. Der Stadt-Anzeiger war vom vergangenen Samstag. Es ging in dem Artikel um die Schließung der letzten Zeche Prosper-Haniel, was gleichzeitig das Ende des Kohlebergbaus in Deutschland bedeuten würde.

»›Am nächsten Freitag ist Schicht im Schacht. Der Obersteiger Matthias Schleheck wird die Damen und Herren aus Politik und Wirtschaft begrüßen.‹ Aha. Und mit dem hat Andy telefoniert? Warum wohl?« Liesa sah erst Timo, dann ihre Oma an.

»Ihr gebt aber auch keine Ruhe«, erhob Willi seine Stimme plötzlich. Er seufzte tief und ließ schließlich die Schultern hängen. »Ja, er war da, der Andy. Hat mein Lottogeld gekriegt und ist wieder los. Ich weiß nicht, was ihr überhaupt von mir wollt.«

»War alles wie immer? Hat er was gesagt? Ich meine, dass er weggehen will? Fühlte er sich bedroht?«

»Bedroht? Jetzt geht's aber los.« Willi funkelte Timo böse an. »Den Andy hab ich nie angepackt. Vielleicht«, er lehnte sich im Stuhl zurück und legte eine dramatische Pause ein. »Vielleicht hat er im Lotto gewonnen, ich meine, haben *wir* im Lotto gewonnen. Und der Schmierlappen ist einfach weg mit dem Geld. Der macht sich jetzt ein schönes Leben.«

Timo und Liesa schauten sich an. War Andy durchgebrannt? Konnte man ihm das zutrauen?

»Geht das überhaupt?«, fragte Liesa ungläubig. »Dazu braucht er bestimmt einen Beleg oder sowas. Kann er den Schein einfach einlösen?«

Ihr Onkel nickte.

»Du kennst doch die Zahlen, die ihr spielt«, hakte Liesa nach. »Dann müsstest du wissen, ob ihr gewonnen habt.«

»Nee, das waren immer andere Zahlen. Das mit dem System, das klappt nämlich sowieso nicht.«

»Wann und wo? Online oder offline?«, setzte Timo nach. »Ich meine, hat er online gespielt?«

Willi schüttelte den Kopf. »Er ist immer zu Yildirims Lottobude auf der Prosperstraße. Yildirim Ekin war auch auf Prosper.«

Na fein, dachte Liesa. Schauen wir dort mal vorbei. Live long and prosper, Andreas Goretzka. Mit einem Lottogewinn in der Tasche oder eingeschlagenem Schädel neben der Zechenbahn von Prosper-Haniel. Wir werden dir schon auf die Spur kommen.

Als Liesa und Timo das Haus der Kwatkowiaks verließen, sahen sie nicht das kleine fiese Lächeln, das über Willis Gesicht kroch.

4

Liesa und Timo hingen ihren Gedanken nach und schwiegen, als sie die Paßstraße hinuntergingen und dann rechts in die Prosperstraße einbogen. Zechenhaus reihte sich an Zechenhaus, unterbrochen von Hofeinfahrten und unterschiedlich gestalteten Zäunen. Grün lackiert mit weißen Spitzen. Holz und Kunststoff präsentierten sich in allen möglichen Schattierungen von Brauntönen, die das Baumarktspektrum so hergab. Zweigeschossige Backsteinhäuser mit Satteldächern und Giebeln, gut 100 Jahre alt und inzwischen zum größten Teil von ihren Eigentümern liebevoll und individuell hergerichtet. Liesa stellte sich vor, dass sie Malocher und Glasfaserverleger gesehen hatten, Kutschen und Brennstoffzellenbusse, Arbeiterfamilien und andere, sich vertragende und streitende Nachbarn aus verschiedensten Ländern, spielende Kinder und Rentnerpaare. Den Kohlenstaub hatte man abgewaschen, ihnen neue Dächer aufgesetzt, die Fenster und Türen ausgetauscht, Blumenampeln aufgehängt. Aufgehübscht hatte man die alten Damen. Das hatten sie sich nach so langer Zeit auch verdient.

»Was ist eigentlich mit deinem Onkel Willi?«, wollte Timo unvermittelt wissen.

»Was meinst du, was soll mit ihm sein?«, fragte Liesa.

»Na, er war in U-Haft. Was hat er ausgefressen? Saß er nicht auch mal im Knast? Hab ich mal gehört.«

»Man hört so einiges, Timo. Außerdem war er nicht in U-Haft, sondern vorläufig festgenommen. Das heißt, es wurde keine Anklage erhoben.« Als sie sich das sagen hörte, merkte sie selbst, dass sie Willis Wortlaut wiederholte. Sie spürte Timos Blick auf sich. »Okay, er ist impulsiv. Er hat«, sie überlegte, »eine niedrige Frustrationstoleranz.«

»Soll heißen?«

Liesa atmete tief ein. »Ich sag's mal so: Mein Onkel Willi Kotecki versteht keinen Spaß. Wenn man ihn reizt, wird er auch schon mal handgreiflich.«

Sie fixierte Timo. Eigentlich hatte sie keine Lust, über ihn zu reden. Warum musste sie sich wieder einmal rechtfertigen? Sie gab auf. Schließlich hatte Timo ein Recht darauf, etwas über den Mann zu erfahren, der seinen Vater am Samstagabend, bevor er verschwand, gesehen hatte. Vielleicht war es nicht bei dem einen Treffen geblieben. Hoffentlich war Andy unversehrt. Und lebendig.

»Kotecki. Wenn du ihn Kot-Ecki nennst oder

Scheißwinkel, Mistkurve, Kackknick, Stinkebiege, dann setzt es bei ihm aus.«

»Ernsthaft?« Timo konnte sich das Lachen nicht verkneifen. »Stinkebiege?«

»Ja. Also, wenn du ihm komisch kommst«, Liesa konnte nicht anders und lachte mit.

»An dir ist ein Komiker verloren gegangen«, stellte Timo kopfschüttelnd fest.

Liesa sah ihn auffordernd an. »Dann such ihn doch.«

Timo zog ein Gesicht, schmunzelte nach kurzem Zögern aber. »Ich geb's auf.«

Da wollte ich dich haben, dachte Liesa und verwarf den Gedanken gleich wieder. Welpenschutz, in zwei Welten leben, der kleine Nervbruder von Julia – die Argumente waren hinlänglich bekannt und schwerwiegend. Timo war einfach nichts für sie.

»Jackpot«, rief sie aus, als sie die Lottobude erreichten. »Yildirim Ekin Lottoannahmestelle mit Post-Point« stand über dem Laden. So hieß das also. Herr Ekin hatte einiges zu bieten auf der Prosperstraße: Schulbedarf, Tageszeitungen, Zeitschriften, Tabakwaren, Getränke, Süßwaren, Kopieren. Nicht zu vergessen eine Postfiliale inklusive Glückwunschkarten, Paketversendung und den obligatorischen Aufstellern, die den Hauptgewinn versprachen, das alles weitgehend in Knallgelb mit Schwarz und Rot. Nichts war unmöglich – das versprach zumindest ein LED-Schild, auf dem in rot leuchtenden Großbuchstaben »JACKPOT« prangte.

Liesa sog die kalte Luft ein. Sie blieb auf der Stufe vor dem Eingang stehen. Ihr Herz schlug schneller, begann zu stolpern und zu galoppieren. Scheiße, dachte sie. Nicht hier und nicht jetzt.

»Gehen wir rein?«, fragte Timo.

»Kann nicht«, japste Liesa. Mehr brachte sie nicht hervor, weil sich ihr Brustkorb verengt hatte, wie von einer eiskalten Hand zusammengepresst, verschnürt, in einer Druckerpresse eingespannt. Sie kämpfte mit sich und damit, wie peinlich es ihr war. Schweißausbruch, Herzrasen, alles drehte sich. Sie bekam nichts zu fassen. Timo hielt sie am Arm.

»Angst«, schaffte sie zu sagen. Mehr nicht.

»Du musst doch keine Angst haben«, sagte Timo. »Ich, äh, bin ja hier.«

Wäre ihr Körper nicht gerade im Selbstangriffsmodus, sie hätte sich über seinen Griff und den fast liebevoll-besorgten Blick gefreut. Einatmen. Ausatmen. Jetzt hatte sie erst einmal mit diesem Mist zu tun. Einatmen. Pause. Ausatmen. Es schien ewig zu dauern. Ganz langsam legte sich der Sturm. Liesas Herz schlug gleichmäßiger und ruhiger, der Brustpanzer und der Druckstock lockerten sich und fielen schließlich ganz von ihr ab. Timo hatte sie die ganze Zeit über angesehen und war sich wohl unschlüssig, was da passierte und wie er helfen könnte. Ja, das ist der Jackpot, dachte Liesa. Gratuliere, das kommt echt gut jetzt, so ein Auftritt.

»Ist wieder okay«, sagte sie noch ein bisschen atemlos. »Ich habe Angstattacken.« Jetzt ist es raus. Ich bin ein Psycho, dachte sie.

»Woher kommt das? Ich meine, es tut dir doch niemand was.«

»Das sieht mein Körper anders. Der schaltet einfach auf Alarm. Als wäre jemand mit der Axt hinter mir her. Ich weiß, dass es keinen Grund gibt. Aber irgendwie kommt das nicht in jeder Hirnregion an.« Sie wusste über die Zusammenhänge bestens Bescheid, wollte Timo aber nicht mit Details und Fachbegriffen langweilen und schon gar keinen Fachvortrag halten. Ich weiß genau, was da schiefläuft, und kann nichts dagegen tun, ärgerte sie sich. Das Klischee von der Psychologiestudentin zu erfüllen, die selbst psychisch nicht ganz gesund ist, ärgerte sie maßlos. Nein, ich habe das Fach nicht gewählt, um mich selbst zu heilen. Dieser Angstmist kam erst danach. Es war eine Angst, die sie anfiel. Die aus dem Nichts angekrochen kam, sie überwältigte und lähmte. Angststörung. Erkrankung, Störung. Sie mochte diese Begriffe nicht. Im Englischen nannte man es disorder, also Verwirrung, Durcheinander, aus der Ordnung oder Balance geraten. Das passte besser. Sie war aus dem Gleichgewicht geraten. Wenigstens war ihr Zustand vorübergehend. Das hoffte sie zumindest. Denn sollte ihre Angststörung länger anhalten und stärker werden, würde sie sich manifestieren. Somit nähme sie eine andere Dimension an und wäre ohne langwierige Behandlung nicht mehr zu bewältigen. So weit wollte es Liesa nicht kommen lassen.

»Statistisch gesehen hat fast jeder im Laufe seines Lebens einmal eine psychische Erkrankung. Je nach Studie sind es um die 80 Prozent.« Liesa schaute an Timo vorbei auf den Boden.

»Du«, begann er, und sie rechnete damit, dass jetzt etwas Unangenehmes folgen würde. Unverständnis. Ablehnung. Sie sei aus dem Rennen, nicht mehr im Team, ganz weit draußen. »80 Prozent, ja? Dann bist du Mainstream. Bilde dir also nichts darauf ein.«

Er schaute sie lächelnd an. Sie lächelte zurück. Guter Humor, dachte sie. Gar nicht so schlecht für einen zu groß geratenen Neunjährigen.

»Können wir jetzt reingehen?«

Liesa nickte. Sie betraten den Lottoladen gemeinsam. Diesen Anfall hatte sie bewältigt, aber es wurde von Mal zu Mal schlimmer. Lange konnte das so nicht weitergehen, das war ihr völlig klar.

*

Er liegt blutend da, in der Dunkelheit, allein. Im flackernden Schein einer Grubenlampe nähert sich eine Gestalt. Wird man ihm helfen, ihn hier rausbringen? Da offenbart sich das Gesicht und mit ihm die Gefahr. Nur eine Chance hat er, flieht, verliert den Helm, wirft sich bäuchlings auf das Transportband, sieht nicht, was da kommt. Gleich ist es aus.

5

Beim Betreten des Post-Shop-Tabak-Lottospieler-Paradieses löste Liesa ein klassisches Türgebimmel aus. Unschlüssig standen sie zunächst herum und traten dann näher an den Tresen heran. Eine junge Frau hantierte im Hintergrund mit Waren herum und bat um Geduld. Liesa war das nur recht. Schließlich wurde ihr gerade klar, dass sie absolut keine Ahnung hatte, wie sie nun vorgehen sollten. Wir haben nichts abgesprochen, große klasse. Professionell bis in die Haarspitzen.

»Ich hätte gern zehn selbstklebende Briefmarken«, hörte sie sich sagen. Liesa nannte ebenfalls den Betrag und musterte ihr Gegenüber.

»Kein Problem«, antwortete Frau Shopverkäuferin und verschwand hinter dem Tresen.

Timo guckte Liesa fragend an, die eine entschuldigende Geste machte. Geld wurde auf den Tresen gelegt.

»Eine Quittung?«

»Ja bitte.« Vielleicht ist das die letzte Studentenausgabenquittung fürs Finanzamt, dachte Liesa. Das letzte Studienjahr. Meine Oma würde mir gehörig in den

Hintern treten, wenn sie das wüsste. Und sie würde ihn nicht verfehlen können.

»Äh«, stammelte Timo in das fragende Gesicht der Frau Kassiererin. »War mein Vater in letzter Zeit hier? Andreas Goretzka.«

Frau Lottobudenaushilfe verlor ihre berufsmäßige Standardfreundlichkeit angesichts der unerwarteten Frage.

»Muss ich den kennen?«

»Der ist jede Woche hier.« Timo wirkte verunsichert.

»Baba?«, rief seine Gesprächspartnerin nach hinten, gefolgt von vermutlich türkischen Worten. Aus dem hinteren Bereich und an aufeinandergestapelten Paketen vorbei schälte sich jemand hervor. Ein Herr von Anfang fünfzig mit Hemdkragen unter dem Pulli – offensichtlich der Chef vom Ganzen, Yildirim Ekin.

»Was kann ich helfen?«, fragte er. Sein Gesicht erhellte sich. »Ah, du bist Timo, ne? Kennst du mich nicht mehr? Dein Vater und ich waren zusammen auf Prosper. Wir haben auch zusammen gearbeitet an eurem Haus, alles saniert. Aber da warst du noch ganz klein. Was macht Andy? Alles ist gut?« Ekin schaute freundlich und direkt.

»Leider nicht«, antwortete Liesa, weil Timo offenbar stumm geworden war. »Wir suchen ihn. War er am letzten Samstag hier?«

Ekin und seine Tochter, die Shopverkäuferin, tauschten sich kurz aus und bejahten. »Lottospielen, wie jeden Samstag. Er kommt immer am Samstag rein, um kurz vor sieben. Dann ist Schicht. Manchmal quatschen wir, manchmal habe ich anderes zu tun.«

»Und am letzten Samstag?«

Fräulein Ekin erklärte mit Blick auf ihren Vater, dass Andy am Samstag vor Ort war, seinen Lottoschein abgab, eine Quittung erhielt und absolut nichts auffiel oder anders war als sonst.

»Was ist denn los, Timo? Ist was passiert?« Ekin wirkte plötzlich sehr interessiert.

»Er ist weg«, antwortete Timo. »Das ist passiert.«

Und einiges mehr wird passiert sein, dachte Liesa. »Hat er vielleicht etwas gewonnen? Könnten Sie das nachprüfen?«

Ekin zog eine Grimasse. »Wir dürfen nix sagen, wer gewonnen hat.«

Seine Tochter wühlte einen Hefter mit Unterlagen durch.

»Also hier war er nicht«, murmelte sie. »Einen kleinen bis mittleren Gewinn kann er auch woanders abholen, in einer anderen Annahmestelle. Bis fünfhundert Euro in bar. Bis hunderttausend werden die Gewinne per Überweisung gezahlt.«

Timo seufzte. Vermutlich dachte er das Gleiche wie Liesa: Für weniger als hunderttausend Euro läuft ein Familienvater nicht weg. Damit kommt man nicht weit. Aber schon für weitaus weniger wird einem etwas über den Schädel gezogen.

»Und wie ist es bei einem großen Gewinn?«, wollte Liesa wissen.

»Das hätte die Zentrale uns mitgeteilt. Dann spricht man den Gewinner an. Wir haben da unsere Vorgaben, was wir in dem Fall machen sollen.« Fräulein Ekin Junior lächelte.

Ihrem Vater entglitt angesichts der Auskunftsfreude seiner Tochter förmlich das Gesicht. »Die Klappe halten«, zischte er. »Das ist das Wichtigste dann. Die Klappe halten.«

Timo und Liesa verstanden den Wink und verabschiedeten sich.

Als sie an dem Glückwunschkartenständer vorbei und aus der Sicht der Ekins waren, öffnete Liesa die Ladentür mit dem typischen Gebimmel, ließ sie zufallen, blieb jedoch im Verkaufsraum. Ihr Bauch oder was auch immer sagte ihr, dass sie noch nicht gehen sollten. Sie legte den Zeigefinger auf ihre Lippen und bedeutete Timo, leise zu sein. Er nickte, verharrte und schien wie sie die Ohren aufzusperren. Zunächst hörten sie Geschimpfe auf Türkisch. Okay, da hatte Miss Ekin also zu bereitwillig Auskunft erteilt. Das fand Papa Jackpot nicht so klasse. Was anschließend folgte, ließ Liesa aufhorchen.

»Willi?«, schimpfte Ekin offenbar in ein Telefon. »Ey, was ist da los? Warum fragen die nach Andy? Hast du gemacht Scheiße, Kotecki? Hast du wieder gemacht Scheiße?«

Timos Augen wurden so groß wie die Rubbellose auf dem Plakat vor ihren Nasen. Er wandte sich schon in Richtung Ekin, aber Liesa hielt ihn am Jackenärmel fest und schüttelte den Kopf. Gerade noch rechtzeitig, bevor Yildirim Ekin aus seinem Kabuff hervoreilte, schob Liesa Timo hinter einen Werbeaufsteller. Ekin rauschte an ihnen vorbei. Hier stimmt was nicht, dachte Liesa. Die haben doch was am Laufen, der Ekin und der Willi. Oder nur einer von denen?

»Hinterher«, flüsterte sie und schlüpfte durch die Tür.

Im Laden ließen sie eine freundliche Briefmarkenfachverkäuferin ratlos zurück. Warum klingelte die Tür zweimal? War jemand Unsichtbares hereingekommen?

Liesa hatte anders gelagerte Fragen. War Andy hier mit seinem Gewinn-Lottoschein aufgelaufen und direkt zum alten Kumpel Ekin gegangen? Hatte Ekin einen Grund, das vor seiner Tochter und der restlichen Welt zu verheimlichen? War es doch das Geld? Ein größerer Gewinn, den Andy unter Androhung von Gewalt abtreten sollte? Vielleicht war er Ekin etwas schuldig. Ekin hatte womöglich Geldsorgen und wusste sich nicht anders zu helfen als den armen Andy auszuquetschen und ihm den Lottogewinn abzupressen. Was hatte Willi damit zu tun, wenn er denn etwas damit zu tun hatte? Hielten sie Andy gefangen? Vielleicht war dem Willi wieder eine Sicherung durchgebrannt und er hatte Andy im Affekt verletzt oder sogar getötet. Wollten sie ihn umbringen, weil er sie identifizieren konnte?

»Los, hinterher«, wiederholte Liesa, »bevor es zu spät ist. Der wird uns zu Andy oder dessen Überreste führen.«

»Ey, du machst mir Spaß«, antwortete Timo.

»Hab ich das laut gesagt?«

6

Ekin ging nicht stadtauswärts. Zu Willi wollte er demnach offenbar nicht. Vielleicht trafen sie sich woanders? Timo und Liesa verfolgten ihn etwa 500 Meter die Straße in Richtung Innenstadt entlang, an Dönerläden, dem Auto-Bazar und Karlchens Grill vorbei. Es wurde langsam dunkel und Liesa schaute hungrig in die Auslagen, aber das war jetzt wichtiger. Schließlich ging es um Leben und Tod. Sie hatte schon unzählige Male im Fernsehen gesehen, wie man jemanden beschattet. Allerdings hatten diese Observierer in der Regel nicht unmittelbar vorher mit dem Beschatteten gesprochen und folgten ihm auch nicht eine nahezu gerade Straße entlang durch Bottrop-Batenbrock, im Licht der Straßenlaternen und der vorüberfahrenden Autos. Im Fernsehen gaben die Verfolger in solchen Fällen meist vor, ein Paar zu sein. Vergiss es, dachte Liesa. Ich bin der Mäusedetektiv, er ist der gutaussehende Typ. Also hielten sie Abstand, drückten sich mal enger an eine Hauswand und rückten dann wieder eiligen Schrittes auf, was natürlich auffallen musste. Wenn sie Pech hatten, rief gerade einer von Ekins Verwandten oder Bekannten ihn an und teilte ihm mit, dass da zwei bekloppte Leute hinter ihm herliefen. Eine Comicmaus mit Ohrenklappenmütze und ein gutaussehender Typ. Ob er das schon wüsste?

Sicher, würde er antworten. Die komischen Vögel sind mir sofort aufgefallen. Ich knöpf mir die gleich vor.

Da sah Liesa, wie Ekin in einem Hauseingang verschwand. Endlich. Sie erreichten einen dreistöckigen Altbau an der Prosperstraße gegenüber des A&E-Autohandels. Während Liesa einen Blick auf die beleuchteten Fenster in der obersten Etage warf, flitzte Timo plötzlich los und schaffte es, die Tür festzuhalten, kurz bevor sie ins Schloss fallen konnte. War das dem Verfolgten aufgefallen? Timo und Liesa hielten den Atem an und lauschten, ob Yildirim Ekin zurückkommen würde. Timo ließ die Tür bewegungslos. Sie sahen den Schein des Flurlichts durch einen winzigen Haustürspalt. Dann erlosch das Licht und es wurde dunkel bis auf den Schein der Straßenbeleuchtung. Sie sahen einander an. Timo nickte Liesa zu und schlüpfte durch den Eingang in den Hausflur. Liesa folgte ihm. Sie hörte, wie die Tür mit einem leisen Klacken ins Schloss glitt und nickte anerkennend. Guter Trick, der hätte von ihr sein können. Es roch nach Bodenreiniger und kaltem Zigarettenrauch. Ihr Herz schlug schneller. Sie hatten hier definitiv nichts zu suchen. Durchatmen, Miss Moppel.

Ich knöpf mir die gleich vor, hallte es in ihr nach.

Nix da, brachte sie dem entgegen. Hier wird gar nichts geknöpft. Im Schutz der Dunkelheit konnte Ekin lauern und auf sie warten. Timo tastete sich an der Wand lang.

Was macht er da?, fragte sich Liesa. Was ist, wenn er dem bis an die Zähne bewaffneten Ekin direkt in die Arme läuft? Plötzlich blitzte es auf und Liesa erstarrte vor Schreck. Sie standen beide im hell erleuchteten Flur. Hatte man sie erwischt? Sie begriff erst in dem Tempo einer Schnecke auf ganz langer Leitung, als sie Timos Hand am Lichtschalter sah: Hand, Lichtschalter, Licht. Ach so.

»Glaubst du, wir laufen hier im Dunkeln rum?«, flüsterte Timo.

Sie antwortete lieber nicht. Es war auch sonst ruhig in dem Flur mit Holzvertäfelungen an Decken und Wänden und dem Fliesenboden aus der Gründerzeit. Unter der Briefkastenreihe stand einsam ein Kinderwagen. Ein Handschuh von unbestimmbarer Farbe lag obenauf und wartete auf seinen kleinen Besitzer. Liesa spinkste vorsichtig die Treppe hoch. Ganz oben hatte sie Licht im Fenster gesehen. Da musste jemand sein.

»Oberste Etage«, flüsterte sie.

Diesmal sah Timo sie verständnislos an.

»Habe aufs Klingelschild geguckt. ›Ekin‹ steht ganz oben«, erklärte Liesa.

Eine meiner leichtesten Übungen, dachte sie. Lesen von vierbuchstabigen Namen. Das kann ich bestens.

Es gehört zu meinem Kompetenzspektrum. Wenn ich das Studium schmeiße und mir einen Job suchen muss, kann ich als Namenleser anfangen. Oder als Taxifahrer, Paketbote, Tiefkühlkostverticker, als Zeitungs-, Partei- oder Religionswerber. Ich nehme eine neue Identität an mit Schnäuzer und Pilotenbrille. Aber das alles schaffe ich nur, dachte Liesa weiter, wenn sich Ekin uns hier nicht vorknöpft. Hoffentlich wartet er nicht oben auf uns. Man kann ja nicht um die Ecke sehen. Vielleicht steht er oben vor seiner Wohnungstür oder eine halbe Treppe darüber und freut sich schon mächtig auf uns.

Dann hörte sie es. Es fuhr ihr durch Mark und Bein.

»Da schreit doch jemand!«

Timo musste es auch gehört haben und war bereits auf dem Weg nach oben. Sie hasteten die zwei Etagen hoch und lauschten. Da war es wieder. Es gab nur eine Wohnung auf der Etage, kein Klingelschild, eine Tür, ein Gewimmer und Geschrei.

Himmel, dachte Liesa. Was geht denn hier ab?

Timo horchte an der Tür. Seine Augen weiteten sich. Er winkte sie weiter nach oben und verschwand auf der halben Treppe zum Dachboden hin. Hier hätte sich der bis an die Zähne bewaffnete Ekin auch versteckt, dachte Liesa und huschte ebenfalls hoch.

Ekin trat heraus. Das Licht ging aus. Jetzt hat er uns, war sich Liesa sicher. Ekin drückte auf den Lichtschalter und blickte in ihre Richtung. Er hat uns gehört. Das war's dann. Drinnen liegt der arme Andy, gefesselt, malträtiert, kurz davor, seinen Lottogewinnschein abzugeben und anschließend den Löffel. Wir wurden Zeugen eines Verbrechens. Er muss uns aus dem Weg räumen.

Ekin wartete. Nach einer gefühlten halben Ewigkeit machte er kehrt und bewegte sich die Treppe hinunter. Liesa verstand gar nichts mehr. Als die Haustür hörbar ins Schloss gefallen war, atmeten Timo und Liesa auf.

»Jetzt schnell«, befahl Timo und er horchte wieder an der Tür.

»Und?«, wollte Liesa wissen.

»Da heult jemand.« Timo schluckte.

»Wir müssen rein und ihn befreien!«

»Ja, aber wie?«

»Hast du schon mal so eine Tür aufgemacht?«

»Klar, ich mache den ganzen Tag nichts anderes.« Sich wie im Fernsehen gegen die Tür zu werfen, ergab keinen Sinn. Das hätte im echten Leben nie geklappt. Timo nahm sein Smartphone, steckte sich seine kabellosen Kopfhörer in die Ohren und tippte auf dem Display herum. Jetzt knackt er das Schloss, dachte Liesa. Er schreibt ein Programm, mit dem man 60er-Jahre-Türschlösser öffnet. Oder zur Aufgabe zwingt. Smartphone in der Hand, Stöpsel im Ohr. Er ist verdammt noch mal ein Hackergenie, ein Chaos-Computer-Clubber. Der Jackpot.

»Okay, jetzt weiß ich wie«, sagte Timo plötzlich, ohne vom Bildschirm aufzublicken. »Gib mir mal eine Kreditkarte oder sowas. Deine Bankkarte geht auch.«

»Äh, hast du denn keine dabei?«

»Ich will mir den Chip nicht zerkratzen.«

Liesa funkelte ihn böse an. »Ach, aber mein Chip darf verkratzt werden?«

Timo holte widerwillig seine Brieftasche hervor, kramte darin herum und nahm eine orange-blau-beigefarbene Plastikkarte heraus. Geschickt fummelte er sie in den Spalt zwischen Tür und Zarge, glitt vorsichtig zum Schloss hinunter und rüttelte dreimal. Die Tür sprang auf.

»Woher kannst du das denn?«, fragte Liesa beeindruckt. In diesem Moment entglitt Timo die Karte, segelte in den Wohnungsflur und fiel einer jungen Frau vor die Füße, die sich bückte und nach ihr griff. Plötzlich füllte sich der Flur mit vielen Füßen. Sie gehörten älteren und jüngeren Menschen beiderlei Geschlechts.

»Ah, Yildirim!« Es folgte ein Satz in einer Sprache, die Liesa nicht verstand. »Hast du Gäste mitgebracht?«, übersetzte man netterweise und zog Liesa freundlich, aber bestimmt in den Wohnungsflur.

»Möchten Sie Tee? Sie haben bestimmt Hunger? Kommen Sie, setzen Sie sich!« Die junge Frau wischte sich über die Augen, lächelte jedoch. Sie sah der Frau Lottoannahmestelle verblüffend ähnlich, war allerdings ein wenig älter. Timo guckte so entgeistert, wie Liesa sich fühlte. Hinter ihm tauchte Ekin auf. Er lächelte nicht, trug sein Gesicht ganz finster und nahm der Frau die Karte ab.

»Organspendeausweis. Timo Goretzka«, las er vor. »Organe spenden, ja? Jetzt, hier, sofort?« Er zischte die letzten Worte geradezu. Liesa wäre fast gestorben vor Angst.

»Äh, wir haben was gehört«, hörte sie Timo stammeln.

»Jemand hat geschrien oder geweint. Oder so«, erklärte sie. »Wir wollten nur …«

»Helfen«, ergänzte nun Timo.

»Genau, helfen.« Liesa fand die Erklärung richtig gut und lächelte schief.

»Na, dann kommt mal rein. Ah, ihr seid ja schon drin.«

Als Liesa aufging, dass Timo eben einen ausgefüllten Organspendeausweis in das Einbruchsobjekt geworfen hatte und dieses nun voller Leute war, fand sie die Szene nur noch surreal. Ekin funkelte sie erbost an, konnte sich aber ein Grinsen nicht verkneifen.

»Ihr könnt mir helfen. Meine Tochter will mich arm machen mit ihrer Verlobungsfeier. Eh Baba, ich brauche ein Kleid. Baba, die Deko. Baba, das Essen. Und das kostet so viel wie ein halbes Haus. Habe ich einen Esel aus Gold? Dann schreie ich, Tochter heult und ich gebe nach, immer. Was da hilft?«

Liesa wäre wieder fast gestorben, diesmal vor Scham. Ja, was hilft da? Organspende, hätte sie fast geflüstert. Die Klappe halten, das war ihre zweite Idee.

Sie hatten sich aus der geballten Gastfreundschaft der Ekin-Familie herauswinden und den vorwurfsvollen Blicken des Hausherren entfliehen können. Es war nur schrecklich peinlich und erbärmlich. Ekin hatte die beiden schließlich nach Wahren eines Mindestmaßes an Höflichkeit vor die Tür gesetzt.

*

Das gestrige Auskundschaften führte zum Erfolg. Die Zielperson war somit lokalisiert und ein Plan reifte heran. Bolzenschneider, Draht und Drahtzange fanden sich im Keller. Ein Elektrofachhandel musste aufgesucht werden, besser noch zwei verschiedene. Barzahlung, damit der Kauf möglichst nicht nachzuverfolgen war. Es würde spektakulär werden.

7

Nach dem peinlichen Auftritt vor Ekins Familie gingen Liesa und Timo den Weg, den sie gekommen waren, wieder zurück. Andy hatten sie dort nicht gefunden, weder tot noch lebendig oder in irgendeinem Zwischenstadium.

»Du hast dir ein Online-Tutorial angeguckt, wie man mit einem Organspendeausweis einbricht? Ich fass es nicht.« Liesa war außer sich.

»Du wolltest mir deine Bankkarte ja nicht geben«, verteidigte sich Timo. Sie hielt den Ausweis in der Hand.

»Hier steht alles über dich drauf, du Supereinbrecher. Name, Vorname, Geburtsdatum, Adresse – boah, Timo! Das kann echt nicht wahr sein!«

»Ja, ich hab alles ausgefüllt. Und alle Organe angekreuzt. Aber noch nicht unterschrieben!«

»Na, Glückwunsch. Du kannst ruhig alles spenden. Gehirn werden sie sowieso nicht finden.«

»Wer hat denn da so einen Wind gemacht?«, ging Timo zum Gegenangriff über. »Wir müssen rein und ihn befreien«, äffte er Liesa nach. »Sterbliche Überreste«, schoss er hinterher.

»Und du studierst doch etwas Technisches. Warum kannst du dann nicht mal eine Tür aufmachen? Ich hab ja auch keine Ahnung, was deinen Vater dazu gebracht hat, sich in Luft aufzulösen. Womöglich hat er etwas gemacht, was ihm Ärger einbrachte. Schulden bei den falschen Leuten oder so was.«

»Du willst jetzt nicht wirklich sagen, dass er Feinde hatte? Ich meine, vielleicht abgesehen von deinem Onkel, dem Knast-Willi?«

Liesa war eingeschnappt. Gargamel war doch nur ein blöder Wicht. Ein digitaler, blöder Wicht.

»Liesa, du kennst meinen Vater seit … seit deiner Geburt. Warum sollte er Feinde haben?« Er war sichtlich sauer. »Hör mal, ich hab keine Ahnung, warum dich meine Mutter überhaupt gefragt hat.«

»Ich auch nicht!« Sie hatte sich schließlich wirklich nicht aufgedrängt, sondern war von Martina und Oma in die Sache reingequatscht worden. War das überhaupt ihr Problem?

»Das wird so nichts. Ich gehe morgen noch einmal zur Polizei.«

»Mach das.« Liesa platzte fast vor Wut. So ein Schlumpf-Doofi. Das Schlimmste war, dass Timo recht hatte. Sie hatte sich da etwas eingeredet. Lottogewinn, Erpressung, Entführung, alles Quatsch. Andy war weg. Das stand außer Frage und musste dringend geklärt werden. Aber das war definitiv nicht ihr Problem.

»Danke, dass du mich nach Hause gebracht hast.« Liesa nickte in Richtung eines Mehrfamilienhauses, in dem sie eine Dachgeschosswohnung angemietet hatte, und kramte ihre Schlüssel hervor. Als Timo sie fragend anschaute, fügte sie überflüssigerweise hinzu: »Hier wohne ich.«

Sie standen vor einem dreigeschossigen Haus am Ostring, hinter einer Bäckerei. Früher fuhren die Güterwaggons hier entlang. Heute waren die Gleise entfernt und ein Rad- und Spazierweg lud zu entsprechenden Freizeitbeschäftigungen ein. Wenn es nicht gerade so dunkel, spät und kalt war wie jetzt.

»Ach so«, brachte Timo hervor. Sie standen sich lange gegenüber, standen einfach schweigend da. Was erwartet er jetzt, fragte sich Liesa. Dass ich ihn noch auf einen Kinderpunsch und ein Schlumpfeis einlade und ihn mit hoch nehme?

Er sei ein netter Junge, hatte Oma gesagt, bevor sie sich gemeinsam auf den Weg gemacht hatten. Die Betonung lag auf »netter«. Das Wort »Junge« klang in Liesa nach. Ein Junge von Anfang zwanzig. Sie selbst war Mitte zwanzig. Zwischen Anfang und Mitte lag einiges. Rein objektiv gesehen waren es nur etwa zwei oder drei Jahre. In ihrem Universum allerdings dehnten sich Raum und Zeit, und zwar so dermaßen, dass die Strecke zu einer Geraden wurde, deren Endpunkte unendlich weit auseinander lagen und sich noch weiter voneinander entfernten. Falls das überhaupt möglich war.

Jedenfalls war er jung, jünger als sie, ein Junge eben. Er war aus der Vergangenheit aufgetaucht und hatte sich vermutlich nur äußerlich verändert. Eine Klette, ein alberner Lausejunge und Schlaumeier, der Nervbruder ihrer Schulfreundin.

Während Liesa ihren Gedanken nachhing, nahm Timo den Schal, der ihr heruntergerutscht war, und legte ihn behutsam zurück auf ihre Schulter.

»Bis dann«, sagte er und machte auf der Stelle kehrt.

Bis dann, dachte Liesa. Hast mich voll erwischt mit diesem kleinen Trick, du Zauberer-Doofi.

*

Der Plan stand. Ort und Zeit waren festgelegt. Das Material war vollständig und, soweit möglich, bereits verbaut und für den Einsatz präpariert. Das Observieren war unangenehm bei der Kälte, aber unvermeidlich. Ich mache den Deckel drauf, dachte die Person im Schatten. Nur ich habe das Recht dazu.

8

Sie schloss die Tür auf. Ihre kleine Wohnung hatte noch nie leerer gewirkt als jetzt. Die Stille schlug ihr machtvoll entgegen. Liesa ließ den Schlüssel auf die Kommode fallen und blieb im Flur stehen. Sie schaute an sich herab, trug noch immer den schwarzen Kurzmantel, den sie für die Beerdigung gekauft hatte.

Innerhalb von drei Monaten war es mit ihrer Mutter vorbei gewesen. Mit Sehstörungen fing es an, dann spürte sie ihren rechten Fuß nicht mehr, griff mehrfach ins Leere und verlernte das Schreiben. Ihre rechte Seite war bald gar nicht mehr zu gebrauchen, auch das Hirn nicht. »Es sind Metastasen im Kopf«, hatte sie gesagt. Und ein aggressiver, im Prinzip nicht therapierbarer Krebs hatte ihre Lunge großflächig befallen. Scheißkrebs. Liesa verlor ihre Mutter Stück für Stück und sie musste täglich etwas mehr von ihr hergeben. Auch die Erinnerungen und Erzählungen über ihren Vater, als er selbst noch auf dem Pütt war. Von Opa Toni, der unter Tage einen Finger und einen Zeh verlor und beim Schnaps mit schnarrendem Lachen Dönekes erzählte. Von den Frauen, die die kohlenverschmierte Arbeitskleidung der Bergleute in Waschbottichen im Keller wuschen und stets den Haushalt, den Garten, die Ziegen im Stall und die Lohntüten ihrer Männer im Auge behalten mussten. Diese Geschichten würden mit ihr gehen.

Die letzten Tage verbrachte sie auf der Intensivstation im Koma, mehr tot als lebendig. Häufig stand Liesa vor der grob, aber doch kunstvoll geschnitzten Holzstatue der heiligen Barbara, die im Eingangsbereich des Krankenhauses auf die Kommenden und Gehenden schaute. Man hatte sie dort aufgestellt, als das Krankenhaus Anfang der 1930er-Jahre für Bergleute und deren Angehörige gebaut worden war. Die heilige Barbara war aufgrund ihres überlieferten Schicksals Schutzpatronin der Bergleute, der Eingeschlossenen und Sterbenden. Bei jedem Besuch bat Liesa die heilige Barbara in stummer Zwiesprache, ihre Mutter schmerz- und leidlos gehen zu lassen. Aber das Leben war kein Wunschkonzert. Es verlief qualvoll und das Sterben war ein Prozess. So dauerte es weitere zehn Tage bis zum Ende. Liesa hätte gewarnt und gewappnet sein müssen, war es jedoch nicht. Der Tod kam plötzlich und mit aller Macht. In ihr erlosch in diesem Augenblick das Licht. Niemand weiß, wann es passiert, dachte sie. »Es ist auch gut so, dass man es nicht weiß«, hatte ihre Freundin gesagt, und sie hatte natürlich recht damit. Aber das war leicht gesagt. Die Dunkelheit würde sich nicht so schnell wieder legen.

Liesa zog den Mantel fest um sich. Er war ihre Hülle, ihr Schutz, ein Tarnmantel. Er absorbierte mit seinem Schwarz alles, was von außen auf sie eindringen wollte. Am liebsten hätte sie den Mantel nie ausgezogen oder hergegeben. Sie wollte dort in ihm ausharren, nichts tun, nicht denken, einfach nicht da und unsichtbar sein. Dann konnte der Schmerz sie nicht finden und ihr nichts anhaben. Somit hätte sie auch keine Entscheidungen treffen müssen. Aber es waren welche zu treffen, so konnte es mit ihr nicht weitergehen. Es fiel ihr niemand ein, den sie hätte um Rat fragen können. Ihre Oma hatte sie immer sehr geschätzt, doch eine Hilfe war sie in diesem Fall nicht. Ihr Vater war weder vor noch nach dem Abschied für sie da. Hatte sie es erwartet? Vielleicht stoben alle auseinander, trieben voneinander weg wie Trümmerteile im All. Aufgeben wollte Liesa nicht. Für sie war das keine Option. Das hatte sie nicht getan, als das mit ihrer Mutter geschah, und jetzt wollte sie es auch nicht. Was morgen sein würde, das wusste sie allerdings nicht. Morgen kann alles passieren, dachte sie. Da kann etwas anfangen, irgendetwas, oder alles kann zu Ende sein. Das Leben, das Sein. Das Am-Leben-Sein. Es war nicht ihre Art, einfach aufzugeben. Ich bin ein Stehaufmädchen, dachte sie. Nur hat es mich bisher noch nie so hart getroffen.

Irgendwann verkroch sie sich ins Bett mit dem flüchtigen Gedanken an eine flüchtige, wunderbare Geste.

*

In den Vorruhestand hatte er nicht gewollt. Bis zum Schluss dabei sein und seine Männer zusammenhalten. Die Wut war da, zweifellos, sie würde auch nicht so schnell wieder vergehen. Sie wurde aber überlagert, verdrängt, überschüttet. Etwas ergoss sich darüber wie Tonnen von glänzender Kohle. Haltung, Würde, Ordnung. Schwarz war sein Bergkittel. Er würde seine Leute sicher und geordnet bis zum Ende führen, bis ganz zum bitteren Ende. Dabei könnte ihm noch einer in die Quere kommen. Er wusste allerdings schon, wie er das Problem aus dem Weg räumen konnte.

*

Liesa schreckte auf. Ihr Handy klingelte selten und jetzt so spät am Abend. Was war passiert? Ihr Herz schlug etwas schneller, als sie Timos Stimme erkannte, und das gänzlich ohne Angstattacke.

»Es gibt Neuigkeiten. Du glaubst nicht, was meine Kollegen auf dem Stick gefunden haben.«

Liesa verstand zunächst nicht.

»Auf dem USB-Stick von meinem Vater«, ergänzte Timo.

Liesa zögerte. Ihr fiel nichts dazu ein.

Timo redete gedämpfter weiter: »Ähm. Hör mal, es tut mir leid. Ich meine, was ich vorhin gesagt habe. Ich würde mich freuen, also ich könnte Hilfe gebrauchen. Bist du dabei?«

»Ja, klar.« Sie ärgerte sich. Über Timos Hin und Her und ihr schnelles Zusagen. Allzeit bereit, Ihre Miss Murmel. Komme, was wolle. »Was war denn nun auf dem Stick?«

»Es konnte nur ein kleiner Teil wiederhergestellt werden. Warte mal.« Er schaute vermutlich von seinem Smartphone auf das Notebook und las vor: »Steiger fragen. Vorfall 1995 unter Tage, Mord? Kotec-…« Er buchstabierte: »K-o-t-e-c und dann kommt da ein Bindestrich. Was sagt dir das?«

»Ach du Scheiße«, rutschte es Liesa heraus. »›Kotec‹ kann nur Kotecki heißen. Willi Kotecki. Mein Onkel und Mord? Das gibt's doch nicht.« Das war eine ernste Sache. Es konnte ein Beweis dafür sein, dass Willi Andy entführt hatte oder ihn verschwinden ließ. Was ist 1995 passiert?, wirbelte es durch Liesas Kopf. Was ist mit dem Steiger? Handelt es sich um den Steiger, den Andy versucht hatte anzurufen oder sogar erreichen konnte, bevor er verschwand? Schon wieder der Steiger, dachte Liesa. Ist das dieselbe Person? Was hat der damit zu tun? Was weiß der?

»Was sollen wir jetzt machen?« Die letzte Frage stellte Timo. Und das war die schwierigste von allen.

»Sollen wir nicht doch einmal zur Polizei gehen, also du?«, schlug Liesa vor. »Wir können es noch mal versuchen. Ich meine, es ist zwar mein Onkel, aber es geht schließlich um ein Menschenleben.« Damit war das Leben seines Vaters gemeint, wurde ihr klar.

»Und was sollen wir denen sagen? Dass wir das Wort ›Kotec‹ auf einem gelöschten Stick gefunden haben? Die werden sicher nicht mit dem SEK ankommen.«

»Nein, sicher nicht«, bestätigte Liesa.

Seine Mutter hätte noch einmal bei der Polizei angerufen, erzählte Timo. Dort meinte man, es gebe keinen Hinweis auf Suizid oder ein Verbrechen. Aha, kommentierte Liesa in Gedanken. Man solle weiter abwarten, Andreas Goretzka sei ein erwachsener Mann, der selbst entscheiden könne, wie und wo er leben wolle. Noch mal aha. Wenn er das denn wirklich noch konnte. Timo wirkte gequält. Er tat ihr leid. Liesa schwirrten die Gedanken im Kopf umher. Vorfall, 1995, Mord, Willi, Steiger. Was war da los?

»Vielleicht hat er im Lotto gewonnen«, äffte Timo Willi nach und redete sich in Rage. »Der hat doch nicht mehr alle Latten am Zaun! Reingelegt hat der uns. Der will von sich selbst ablenken.«

»Bist du sicher?«

»Wer hat uns denn auf den Trichter gebracht, dass mein Vater womöglich im Lotto gewonnen hat?«

»Mein Onkel Willi.«

»Wer hat meinen Vater wahrscheinlich abends als Letzter getroffen, bevor er verschwunden ist?«

»Mein Onkel.«

»Und wer hat wohl etwas mit seinem Verschwinden zu tun?«

»Willi.« Es war so offensichtlich. Liesa hätte es lieber nicht gesehen. Sie erinnerte sich an das Telefonat, das sie in der Lottobude belauscht hatten.

»Ekin hat ihn angerufen, als er von uns erfuhr, dass Andy weg ist und wir ihn suchen«, mutmaßte Timo. »Er hat Willi direkt zugetraut, dass er etwas mit Andys Verschwinden zu tun hat.«

Ja, das hatte er. Jetzt musste sie den Tatsachen ins Auge blicken und sich der Faktenlage stellen.

»Stecken die vielleicht unter einer Decke?«, fragte Timo.

Liesa hatte keine Ahnung. »Okay«, begann sie. »Wie gehen wir weiter vor?«

Wir werden uns um ihn kümmern, dachte Liesa.

»Den müssen wir uns selbst vorknöpfen.«

»Wo hält dein Onkel sich eigentlich in letzter Zeit so auf?«

Liesa wusste, dass er morgens schon immer früh auf den Beinen war, allerdings nicht, wo und warum.

»Wir müssen herausfinden, was Willi treibt, wenn er unterwegs ist. Wo er hingeht und was er da macht.«

»Was denkst du, was passiert ist?«, frage Liesa und wollte es eigentlich nicht erfahren.

»Streit. Etwas im Affekt, eine offene Rechnung. Ich hab keine Ahnung. Ich weiß nur eines sicher: Mein Vater wäre niemals einfach so abgehauen. Er weiß, dass wir uns Sorgen machen. Es muss etwas Schlimmes passiert sein.«

Liesa nickte ungesehen.

Timos Stimme klang eindringlich: »Er braucht unsere Hilfe.«

Sie verabredeten sich für den nächsten Morgen, um Willi zu beschatten.

Liesa wischte nachdenklich über das Smartphone und beendete somit das Gespräch. Was ist nun mit Willi?, fragte sie sich. Hat er gemacht Scheiße? Mordsmäßige Scheiße?

9

Eiskalt, dunkel und früh – genau so mochte Liesa es nicht. Doch wollte man einen Willi beschatten, musste man früh aufstehen. Hoffentlich kommt Timo jetzt nicht in einem rosafarbenen Bus mit Satellitenschüssel auf dem Dach und Extrascheinwerfern angefahren, dachte sie und spähte aus dem Fenster. Oder mit einem Panzer, Zeppelin, Flugzeugträger. Okay, für Letzteres fehlt das Gewässer.

Als sie Timos Wagen vor dem Haus entdeckte, war sie erleichtert. Untere Mittelklasse, schwarz, getönte Scheiben, kein Spoiler, keine von außen sichtbaren Extras. Darin würden sie nicht auffallen. Hoffentlich hatte er eine Sitzheizung. Die Thermoskanne in ihrer Tasche schepperte im Hausflur wie zum Protest. Liesa schlüpfte in das Agentenfahrzeug und die Mission »Willi« begann.

»Ist spät geworden gestern«, erklärte Timo sein unterdrücktes Gähnen während der Fahrt zum Zechenhaus der Kwatkowiaks. Er hatte sich in der Stadt umgeschaut, bis in die Nacht Hotels, Pensionen und eine Obdachlosenunterkunft in der Nachbarstadt abgeklappert. Von seinem Vater keine Spur. Andy hielt zum Schluss kaum noch Freundschaften aufrecht, berichtete Timo. Seine Mutter hatte alle Kontakte aus dem Telefonspeicher angerufen. Aber keiner wollte etwas von Andy gehört oder gesehen haben, niemand wusste etwas.

»Der blödeste Tipp war: über soziale Medien suchen. Das fehlte gerade noch.« Timo guckte grimmig. »Damit alle wissen, dass der Goretzka gesucht wird mit einem Foto, auf dem er wie ein Irrer aussieht, und Adresse. Und jeder Spacken kann seinen sinnfreien Kommentar dazu abgeben.«

Liesa sparte sich einen Kommentar.

Ob Willi uns zu Andy führt?, fragte sie sich, als sie entgegen der Fahrtrichtung schräg gegenüber von Oma Kwatkowiaks Haus parkten, in dem derzeit auch ihr Onkel wohnte, der sich hoffentlich bald auf den Weg machte. Andy wird doch nicht bei der Kälte auf der Straße sein? Sie wusste nicht, was schlimmer wäre. Nach einer Weile packte sie die Thermoskanne aus und sie tranken einigermaßen warmen Kaffee. Die Scheiben beschlugen von ihrem Atem.

»Kann man dagegen was machen?«, wollte Liesa wissen.

»Klar. Sitzheizung und Klimaanlage einschalten.«

Sie freute sich auf einen lauwarmen Lauerplatz.

»Geht jetzt aber nicht. Sonst sieht man das Display vom Bordcomputer leuchten.«

Liesas Traum vom lauwarmen Lauerplatz zerplatzte wie eine gefrostete Seifenblase.

»Okay«, antwortete sie kleinlaut. Memo: Demnächst werden Beschattungsaufträge nur noch im Sommer angenommen.

»Wo ist Andy hin? Wo kann er nur sein?«, überlegte Liesa laut. »Mit einem Laptop unter dem Arm, die Jacke samt Schlüssel gegriffen und das Portmonee in der Hosentasche.« Er war nicht bei Freunden, im Krankenhaus, im Leichenschauhaus. Sonst hätte die Polizei sich gemeldet. Hoffentlich hing er nicht an einem Baum.

»Wollte er sich etwas antun?«, sprach Liesa vorsichtig an.

»Das glaube ich nicht. Es gab auch keinen Abschiedsbrief. Es läuft doch keiner los, um sich umzubringen und nimmt seinen Laptop mit.«

Das war plausibel. »Aber warum nimmt er den Laptop überhaupt mit?«

»Weil da etwas drauf ist, was ihm wichtig ist. Was keinem anderen in die Hände fallen soll.«

So eine Art Projekt, kam es Liesa in den Sinn. »Notizen. So etwas. Über einen Vorfall, der 1995 unter Tage passiert ist, von dem Andy meinte, es könnte ein Mord gewesen sein.«

Timo nickte.

»Willi Kotecki hat etwas damit zu tun und ein Steiger soll gefragt werden. Was fragen? Ob es ein Mord war? Ob der Steiger etwas darüber wusste?« Liesa wurde schwindelig. Wer war das Opfer, wer der Täter? Sie würden auf jeden Fall Willi dazu befragen, wenn er denn auftauchte und sie sonst wohin führte. Und anschließend den Steiger, wenn es sein musste.

»Was ist eigentlich mit seinem Handy?«, fiel Liesa ein.

»Er hat es dabei, aber entweder ausgeschaltet oder der Akku ist leer.« Timo berichtete, dass seine Mutter es schon vielfach versucht hatte, ihn zu erreichen. »Tot.« In seiner Stimme schwang eine fast greifbare Sorge. Am liebsten hätte sie Timo in den Arm genommen, so deutlich fühlte sie mit ihm.

»Kann man das Handy orten?«, hakte sie nach.

»Die Polizei vermutlich schon, ich nicht.«

»Warum? Wenn es geklaut wäre, könnte man es doch orten, oder?«

Timo wirkte zerknirscht. »Ich bräuchte die IMEI.« Er sah Liesas fragenden Blick und erklärte: »International Mobile Station Equipment Identity. Das ist eine fünfzehnstellige Seriennummer, mit der man jedes Smartphone oder andere GSM- oder UMTS-Geräte identifizieren kann.«

»Klingt beeindruckend.«

»Ja, beeindruckend dämlich, wenn man sie nicht hat. Ich hätte mir seine Handydaten aufschreiben sollen. Ich meine, als er noch da war.«

»Okay, dann hat sich das mit dem Handy erledigt. Wie sieht es denn mit Geld aus? Was hatte er dabei?«

»Er hat meist nicht viel Bargeld in der Brieftasche.

Weit kommt er damit jedenfalls nicht. Seine Bankkarte hat er nicht benutzt. Keine Kontobewegungen laut Kontoauszug.«

»Kreditkarte?«

»Wollte er nie. Das war ihm zu unsicher.«

Auf einen Organspendeausweis wollte Liesa ihren Begleiter lieber nicht ansprechen. Zurück zum Thema, vielleicht kamen sie doch mit ihren Überlegungen weiter. Ohne Auto war er verschwunden. Zu Fuß, mit dem Bus, einem Taxi?

»Als du die Gegend abgesucht hast, warst du auch am ZOB?«, nahm Liesa das Gespräch wieder auf.

»Ja, am Busbahnhof und am Hauptbahnhof bin ich vorbeigefahren.«

Sie verfielen in Schweigen.

»Wusstest du«, Liesa konnte sich nach einer Weile nicht mehr zurückhalten, »dass der Bottroper Bahnhof früher 17 Gleise hatte?«

»Echt? Da sind doch nur zwei Bahnsteige mit jeweils zwei Seiten.«

»Ja, es waren die Gleise 1, 2, 15 und 17.« Sie lachten. »Wirklich wahr. Kennst du die Seite ›Bottrop anne Emscher‹?«

»Wieder was für deine Sammlung?« Liesa verstand nicht. »Anne Emscher«, wiederholte Timo.

Jetzt ging ihr ein Licht auf.

»Die Anne ist schon drin. Jedenfalls wurde auf der Seite thematisiert, ob Bottrop nicht eine Uni bekommen sollte. Damals ein echter Brüller.« Bottrop hatte als kleinste Großstadt des Reviers zuweilen große Pläne. Dazu gehörte die legendäre, niemals umgesetzte U-Bahn-Planung. Nur über eines konnten die Bewohner von Bottrop an der Emscher nicht mehr selbstironisch lachen: über die Universität Bottrop. Die gab es inzwischen tatsächlich.

»Wo wir schon beim Thema Studium sind. Wie läuft es so bei dir? Bist du zufrieden, kommst du gut voran?«

Timo hatte sie erwischt. Sie zog ein Gesicht. »Eigentlich habe ich gar keine Zeit, hier mit dir abzuhängen.«

»Wieso? Es ist doch vorlesungsfreie Zeit. Noch zweieinhalb Wochen.«

»Stimmt. Aber ich muss bis dahin eine Seminararbeit geschrieben haben.«

»Wo ist das Problem?«

Ich bin das Problem, dachte Liesa. Disorder. Sie war aus der Ordnung geraten. »Auf meinem Schreibtisch stapelt sich die Literatur, die Gliederung ist fertig, alles am Start.«

»Und?«

»Ich kann nicht. Gar nichts. Hab noch nicht ein einziges Wort geschrieben.«

Timo hob die Brauen. »Das ist tatsächlich ein Problem.«

Und dass ich aus Angst vor einer Angstattacke momentan weder selbst Auto noch mit der Bahn fahren kann, ist genauso wenig klasse, fügte Liesa in Gedanken hinzu. Eine kleine bis mittelgroße Komplikation ist auch, dass ich überhaupt nicht mehr nach

Bochum-Querenburg komme. Teleportieren oder beamen gehörte nicht zu ihren Kernkompetenzen. Aber das alles wollte sie Timo nicht verraten. So weit reichte ihr Vertrauen dann doch nicht.

»Du könntest einen Ghostwriter engagieren.«

»Würde ich nie tun.«

Er lächelte hoffnungsvoll. »Verschieben?«

»Habe ich schon. Das ist meine letzte Chance. Sonst war's das mit dem Studium.«

»Und jetzt?«

Gute Frage. Auswandern. Durchbrennen. Eine neue Identität annehmen. Sie wusste es nicht. »Meine Oma sieht mich ja schon mit einem Doktortitel in der eigenen Praxis sitzen.« Beide schmunzelten.

»Frau Doktor Kwatkowiak. Das klingt doch gut. Ich würde es dir zutrauen.«

Wow, das war mal ein Kompliment.

»Mein Vater sieht mich als Diplom-Ingenieur und hätte es gern gehabt, wenn ich auch auf der Zeche angefangen hätte. Da hätte ich nach der Ausbildung in Freiberg oder Aachen studieren und Bergbau-Ingenieur werden können.«

»Das würde ich dir auch zutrauen. Herr Diplom-Ingenieur.«

Sie lächelten.

Aber das mit der Zeche war nun bald vorbei. Endgültig.

»Da ist er.« Timo griff zum Zündschlüssel. Liesa sah es ebenfalls. Willi trat mit einem weißen, offenbar gefüllten Kanister und einer Umhänge-Einkaufstasche aus dem Haus in das Licht der Straßenlaterne, verfrachtete alles in seinen Kleinwagen und ließ die Rücklichter aufleuchten. Timo startete den Wagen. »Es geht los.«

*

Es hatte hervorragend geklappt. Der Schlauch zur Gaskartusche war gekappt, die Apparatur angebracht. Es würde sie vernichten. Verbrennen. In die Hölle bomben, wo sie hingehörten, diese Ratten.

10

Sie folgten Willis Rückleuchten auf den winterdunklen Straßen Bottrops. Gut, dass er den Kleinwagen fährt, dachte Liesa. Im Sommer ratterte Willi auf seinem Mofa durch die Stadt, in falscher Richtung durch Einbahnstraßen, zuweilen durch die Fußgängerzone, nahezu unbekannte und unsichtbare Abkürzungen nehmend über Rad-, Feld-, Reitwege und zugewucherte Trampelpfade. Dann wäre eine Verfolgung ungleich schwieriger und nahezu unmöglich. Es sei denn, man fährt eine unsichtbare Motocross-Maschine. Oder man verfügt über eine lautlose Drohne. Und über verdammt gute Nerven.

»Halt Abstand«, forderte Liesa, als sie stadtauswärts in die Teutoburger Straße abbogen.

»Glaubst du, der sieht uns?«

»Bei meinem Onkel weiß man nie.« Unvermittelt bremste Willi vor ihnen ab und lenkte seinen Wagen nach rechts in die erste Straße nach der Brücke.

Was macht er im schicken Fuhlenbrock?, fragte sich Liesa.

Timo erhöhte den Abstand, als es leicht kurvig die Straße hinabging.

»Er biegt ab«, stellte er fest.

Willis Rücklichter verschwanden in einer Einfahrt. Timo stoppte den Wagen kurz vor der Einmündung. Sie leuchteten ein Schild an: »Kleingartenanlage KGV Grüne Lunge e.V.«

Da hätte ich gleich draufkommen können, dachte Liesa.

»Hier hat er einen Schrebergarten.«

»Aha«, machte Timo nur, weil er das Auto hochkonzentriert ein wenig vorwärts rollen ließ, um nicht von dem Verfolgten gesehen zu werden.

»Ich weiß aber nicht genau, wo der ist.«

»Dann müssen wir hinterher«, schlussfolgerte Timo und lenkte den Wagen in den Zufahrtsweg.

Willi stellte sein Fahrzeug gerade in einer Parkbucht ab, Brems- und Rücklichter erloschen. Jetzt gab es kein Zurück mehr. Liesa und Timo konnten nicht neben ihm parken, das hätte Willi sofort bemerkt und sie wären aufgeflogen. An Wenden war hier auch nicht zu denken. Da die Zufahrtsstraße einspurig an Willis Parkbucht vorbeiführte, mussten sie also an ihm vorbeifahren. Liesa duckte sich beim Passieren.

»Hat er dein Auto erkannt?«, fragte sie Timo, als sie etwa 150 Meter weiter links auf einen weiteren Parkplatz vor der Vereinsgaststätte einbogen.

»Ich glaube, er hat gar nicht geguckt.«

Das wäre eigentlich typisch für Willi, dachte Liesa. Allerdings wusste man bei dem nie. Offenbar hatte er neuerdings Leichen im Keller und ein zweites Gesicht. Ein schauerliches.

Liesa zögerte einen Augenblick. Aussteigen wollte sie eigentlich nicht, aber das hätte sie Timo nicht antun können. Es ging um seinen Vater, um nichts weniger als Leben und Tod. Also atmete sie einmal tief durch und nickte Timo zu. Sie schlüpften aus dem Auto, schlossen die Türen, so leise es ging, und nahmen einen parallelen Weg zur Zufahrtsstraße, um auf Willis Fährte zu stoßen.

Schrebergarten folgte auf Schrebergarten, farblos und unüberschaubar in der Dunkelheit liegend. Hecke an Hecke, durchbrochen von schmalen Durchgängen. Nach zwei Querwegen entdeckten sie im Morgengrauen zuerst den weißen Kanister, dann die Umhängetasche und an ihr den Willi. Sie verfolgten ihn durch die Kleingartenanlage, beobachteten ihn durch die fast laublosen Buchensträucher und gingen hinter Lebensbaumhecken in Deckung. Es roch nach verbranntem Holz aus den Kaminen der Einfamilienhäuser drumherum, nach Winterkälte. Ein feiner früher Morgen im Ruhrgebiet.

Die Natur hatte sich im Winter zurückgezogen. Alles lag still und arm an Farben, harrte in der Erdkrume aus und tief darunter. War bereit, zum Leben zu erwachen. In den langsam heller werdenden Himmel streckten sich Äste und Fahnenmaste wie dürre Finger empor. Und am Wegrand wartete das Ungewisse. Liesa keuchte etwas. Jetzt waren sie schon an einigen Gärten vorübergegangen und hatten noch immer keinen Gartenzwerg gesehen. Was war nur mit den Kleingärtnern von heute los?

Willi ging durch ein Gartentor. Liesa und Timo sprinteten hinterher, versuchten gleichzeitig, dabei leise zu sein und Willi doch nicht aus den Augen zu verlieren. In der vom Weg aus einsehbaren Laube verschwand er mitsamt dem Kanister und der Umhängetasche. Liesa war schon seit Jahren nicht mehr in der Kleingartenanlage gewesen. Willis Gartenparzelle wirkte alles andere als gepflegt. Unkraut stand zwischen den Gehwegplatten, das Gras musste kniehoch gewesen sein, bevor der Schnee es plattgedrückt hatte. Meine Güte Willi, schön ist ja anders. An seinem Häuschen fehlten Teile der Verkleidung, vermutlich war alles undicht und schimmelig. Liesa ging ein Licht auf: Sie erinnerte sich an den Schmutz unter Willis Fingernägeln, den er zu verbergen versucht hatte. Er war also im Schrebergarten aktiv gewesen. Was machte man da so im Dezember? Für Gartenarbeit war der Winter die falsche Jahreszeit, jedenfalls dafür, etwas aus- oder einzugraben. Oh Gott. Hatte er jemanden verbuddelt? Hatte Willi den Andy verbuddelt? Oder ein Grab vorbereitet?

»Andy ist da drin, da bin ich mir sicher«, erklärte Liesa.

Timo nickte.

»Was ist wohl in dem Kanister?«, fragte Liesa. »Etwas Brennbares?«

Timo war alarmiert. »Der will meinen Vater um die Ecke bringen.« Plötzlich war es ganz klar. Willi hatte Andy hier versteckt, um ihn ungesehen umzubringen und anschließend hier zu verscharren. Andy schwebte in Lebensgefahr.

»Ich hole ihn da raus«, ächzte Timo. Wenn es nicht schon zu spät war.

*

Es würde wie ein Unfall aussehen. Hatte so ein blöder Gartenwühler vielleicht vergessen, die Propangasflasche zu sichern? Hatte er den Ofen nicht richtig angeschlossen? Strömte etwa Gas aus? Das kam immer wieder vor. Ihr werdet gegrillt, Idioten. Eure Zeit läuft ab.

*

Plötzlich kam Willi wieder aus der Laube heraus und stand auf den von Unkraut bewachsenen Wegplatten. Timo und Liesa drückten sich gerade noch rechtzeitig an die Hecke. Ein Handy klingelte. Liesas Herz schlug wild. Willi blieb vor der Laube stehen und fingerte etwas aus der Jackentasche.

»Ja, im Garten.« Willis Stimme. Liesa spitzte die Ohren.

»Dann komm doch her, wenn du unbedingt musst, und wir beenden das.« Während er sein Handy wieder in die Tasche steckte, grummelte Willi dem Anrufer noch ein »Doofkopp, du mich auch« hinterher. Er ging auf Timo und Liesa zu, die sich rückwärts vom Gartentor wegbewegten bis zu einer Wegbiegung. Gut, dass Willi nicht flink ist, dachte Liesa. Sie lugte um die Ecke und beobachtete, dass er auf den Weg trat und in die entgegengesetzte Richtung verschwand. Sie behielten den Garten und die Zugänge im Blick. Es war niemand zu sehen.

Unsere Chance, dachte Liesa.

»Jetzt?«, flüsterte sie.

Timo nickte ihr entschlossen zu. Zugriff.

11

Timo rannte los, schwang die Tür auf und erstürmte die Laube. Liesa folgte dicht auf. Da saß Andy, mit seinem Laptop auf dem Schoß.

»Was macht ihr denn hier?« Er guckte, als hätte er Gespenster vor sich. Oder lebensgroße Gartenzwerge. Timo schnaufte erleichtert auf, der Alte lebte noch.

»Los, komm!« Er wollte seinen Vater vom Stuhl ziehen, als die Laubentür abermals aufschwang. Willi stand auf einmal mitten im Raum, mit Yildirim Ekin im Schlepptau und einer Wolldecke unter dem Arm.

»Ey, Willi«, begann Ekin, »du hast gemacht Scheiße! Große Scheiße!«

»Ey, hab ich nich!«, konterte Willi wenig einfallsreich.

»Hast du wohl!«, bestätigte derweil Andy. Liesa verstand gar nichts mehr. Timo wusste offenbar auch nicht, ob er seinen Vater freudig in die Arme schließen, ihn aus dem Raum ziehen oder zusammenstauchen sollte.

»Jetzt haben wir deinen Vater ja gefunden«, sagte Ekin ruhig.

»Es ist arschkalt und die Akkus sind leer«, maulte Andy, stellte seinen Laptop auf den Tisch und nahm die Wolldecke entgegen. Ein Hauch von Schimmelmief umwehte Liesa.

»Was erwartest du im Dezember? Da sind Wasser und Strom immer abgestellt«, blaffte Willi zurück. »Beim nächsten Mal, wenn du wieder so eine Nummer abziehst, werd ich mich besser vorbereiten. Dann heize ich den ›Jakutzi‹ für dich ein und das Wasserbett.«

»Wasser fürs Klo würd mir ja schon reichen.« Andy nickte zum Wasserkanister, den Willi auf dem Boden im Durchgang abgestellt hatte. »Und den Ofen kannste auch endlich anmachen, Mensch.«

Willi trottete zum Gasofen und wieder zurück.

»Kann mir mal einer erklären, was hier los ist?« Timo stellte die Frage aller Fragen. Liesa dämmerte es langsam. Andy hatte sich hier mit Willis Hilfe versteckt. Aber warum? Vor wem?

»Ist dir nicht klar, dass wir uns Sorgen machen?«, wollte Timo berechtigterweise wissen.

Andy schaute zerknirscht. »Ich hatte keine andere Wahl. Der kriegt mich sonst.« Er guckte dabei, als sei der Antichrist persönlich hinter ihm her.

Liesa bekam eine amtliche Gänsehaut.

»Wer?«, wollte Ekin wissen.

»›Lass die Toten ruhen, Goretzka. Sonst kommen sie dich holen.‹ Datt hat die Stimme auf dem Band gesagt.« Andy starrte die Umstehenden an. »Und dann noch:

›Hör auf deinen Steiger‹ oder so ähnlich. Der Rest war total undeutlich.«

»Auf welchem Band, Andy?«, fragte Ekin. »Mailbox heißt das doch wohl jetzt.«

»Ja, du kannst mich mal gerne haben. Mailbox. Ist doch scheißegal, wie datt heißt. Eine Scheißangst hatte ich!«

»War die Nummer unterdrückt?«, hakte Ekin nach.

»Nee, ich hab gleich die Vorwahl vom Vatikan erkannt und den Papst zusammengeschissen, warum der mich einfach so stört. Mensch, was denkst du denn? Sicher war die unterdrückt.«

»Und die Stimme hast du nicht erkannt? Keine Idee, wer das war?«

Andy suchte nach den richtigen Worten. »Pass mal auf. Ich sag dir das jetzt nur einmal. Der Typ am Telefon, der …« Andy zögerte. Sein Gesicht wirkte blass und maskenhaft. »Der war anders. Wie von ganz weit weg klang der. Wie …« Andy starrte ihn mit weit aufgerissenen Augen an und flüsterte: »Ich glaub, der kam direkt aus der Hölle.«

»Heilige Scheiße«, brachte Timo hervor.

Liesas Mund war trocken wie Schleifpapier und es lief ihr eiskalt den Rücken herunter.

»Der kommt mich wirklich holen«, keuchte Andy. »Nach so langer Zeit.«

»Und du hast Andy hierhergebracht in diese Bruchbude«, sagte Ekin an Willi gewandt, »und den beiden«, er nickte zu Timo und Liesa, »erzählt, dass die den bei mir suchen sollen? Bist du verrückt? Du reitest uns alle drei da rein.«

Willi sah das anders. »Was sollte ich denn machen, als die plötzlich losgezogen sind und den Andy gesucht haben? Dass der mit einer Stange Geld weg ist und sich ein schönes Leben macht, war doch erst mal 'ne gute Erklärung.«

Super Erklärung, dachte Liesa. Danke für den fantastischen Tag in der Lottobude und bei Ekin zu Hause mit seiner glücklichen Familie.

Andy zog die Decke um sich und dachte wohl an ein schöneres Leben.

Ekin gab zu bedenken, nicht mehr für die ganze Familie sorgen zu können, sollte er seinen Laden verlieren, und dass Willi doch quasi noch auf Bewährung sei »wegen so 'ner Sache«.

»Na, zur Polizei gehen können wir ja schlecht«, gab wiederum Andy zu bedenken. Diesbezüglich waren sich die drei Ex-Bergleute einig.

Liesa starrte auf die LED-Lampe in Form eines knallroten chinesischen Lampions, der vor Andy auf dem Tisch stand und ein schummeriges Licht auf die Herren warf. Funzel, dachte sie. So heißt das hier. Ein kleines Licht. Ich wünschte, mir ginge wenigstens ein kleines Licht auf.

12

»Du hast doch Schmiere gestanden, Yildirim. Also hast du genauso Schuld«, sagte Willi. »Und der Andy hat den festgehalten.«

»Als ich den zuletzt gesehen habe«, erklärte Andy, »da lag der im Streb. Die Nase war am Bluten und ins Hemd hatte der sich fast gemacht. Aber der war lebendig. So lebendig wie die Fettratten unter Tage.«

»Ja, und dann?«, wollte Timo wissen.

»Dann war Ende. Schicht im Schacht.«

Man schwieg.

»Ey, der hat mich bedroht. Der muss das gewesen sein«, nahm Andy, an Ekin gewandt, das Thema wieder auf.

»Der Steiger?«, fragte Ekin. »Das glaub ich nicht.«

»Kann ja nicht anders sein«, erklärte Willi. »Hätte sonst jemand einen Grund, dem Andy dermaßen zu drohen, datt der datt Buch nich rausbringt?«

In einem Anflug von Ironie dachte Liesa: Doch, der zukünftige Leser, weil Andys Geschreibsel höchstwahrscheinlich mies ist. Aber sie hielt den Mund.

»Ach du Scheiße«, fluchte Timo.

»Ja, aber ich musste datt alles aufschreiben. Ich werd sonst nicht fertig damit. Wie soll man mit so watt auch klarkommen?«

»Hättest du das mal gelassen. Es hätte doch keiner mehr danach gefragt. Das ist jetzt über 20 Jahre her.« Willi guckte ihn böse an.

»23, um genau zu sein«, wusste Andy.

Willi setzte schon wieder zu einer Attacke an, da ergriff Liesa das Wort. »Da wir nun offenbar anfangen, alles aufzudröseln, schlage ich Folgendes vor.« Sie wurde von der Männerrunde angesehen, als hätte man sie jetzt erstmals hier entdeckt und als sei sie gerade eben erst hierher gebeamt worden. Meine Stärke, dachte Liesa. Ich bin unscheinbar und gehe dann direkt zum Frontalangriff über. »Lasst uns jetzt mal hinsetzen, einen Kaffee trinken und alles in Ruhe besprechen.«

Es wurde ein Tee aus Pulver und Kanisterwasser und ein längeres Gespräch.

»Und watt is mit dem Ofen?«, brachte Andy sein Anliegen wieder in Erinnerung.

Willi kramte ein Feuerzeug hervor, überlegte es sich dann doch anders. »Da müsste ich draußen nach der Flasche gucken«, erklärte er.

»Nee, bleib mal hier«, verlangte Andy. »Machen wir jetzt mal reinen Tisch. Datt wird jetzt höchste Zeit.«

Liesa sah die Männer erwartungsvoll an und fragte: »Worüber hast du geschrieben, Andy? Was ist 1995 unter Tage passiert?«

Andy, Ekin und Willi guckten sich an und überlegten vermutlich, ob sie mehr erzählen oder besser die Klappe halten sollten.

»Der Graf, der feine Herr«, begann Andy schließlich. »Der wollte uns in die Pfanne hauen, die Pfeife. Wir konnten ja immer einiges vom Pütt gebrauchen. Zinkbleche, Pressluftschläuche, Mörtel für das Haus, den Garten. Der Bergmann ist es gewohnt, mit den Mitteln, die er in der Grube vorfindet, etwas Nützliches zu bauen. Unter und über Tage.«

»Alles kommt vom Bergwerk her. Den Spruch kennste doch?«, ergänzte Willi und grinste.

»Wir waren ja nicht die Einzigen. Man sagte damals, wenn du ›Glück auf‹ rufst, antwortet das ganze Haus.«

»Oder die Laube«, wusste Willi.

»Das ging sogar auf Bestellung.«

Die Männer saßen auf der Eckbank in der Schimmellaube und grinsten.

»Ich hab damals ein paar Säcke Sakret gebraucht«, berichtete Willi. »Da wollte ich die Laube mit fertigbauen. Eine Flasche Maria, dann klappt datt, hat der Kollege von der Ausgabe gesagt. Den Weinbrand abgegeben, den Mörtel gekriegt. So einfach war datt. Davon ist keiner pleitegegangen und die Subventionen«, er sprach es aus wie »Suppenzonen«, »gab et auch nich deswegen. Wir haben doch immer stramm malocht. Pro Schicht die Tonnen Kohle rausgeholt, die die wollten. Und oft noch mehr.«

Andy und Ekin stimmten zu.

»Datt lief doch bei Stinnes genauso und bei den andern«, erzählte Willi weiter. »So, datt Problem war nich datt Sakret und auch nicht die Maria. Datt war datt Milchgesicht. Die Nulpe. Der Spackolyt.«

»Der Graf?«, fragte Liesa nach.

»Ansgar Schulte-Grafenkamp«, erklärte Andy. »Kirchhellener Landadel, haben wir gesagt. Der war noch nicht trocken hinter den Ohren, ist uns aber gehörig auf den Sack gegangen.«

»Sein Alter war ein hohes Tier bei der Gewerkschaft. Der feine Graf wollte so dringend aufsteigen, dass einem schlecht wurde«, ergänzte Willi.

»Jedenfalls«, fuhr Andy fort, »hatte der Milchbubi sowieso keinen Spaß unter Tage. Der passte einfach nicht dahin. Und als der uns sagte, dass er losgeht und datt mit dem Sakret meldet, watt da so vor sich geht, da wollten wir ihm eine Lektion erteilen, damit er weiß, wie datt so unter Kumpeln läuft. Datt datt so nich läuft.«

»Das war der dümmste Scheiß«, fügte Ekin hinzu und lehnte sich zurück.

»Du Vogel!« Willi fühlte sich angegriffen. »Wer hat denn dabei mitgemacht? Du doch!«

»Du machst uns noch alles kaputt, Kotecki. Mit deinem Draufgekloppe. Wegen dir sind wir dran, wenn das rauskommt.«

»Ey, komm mir nich so, Ekin, du Arsch.«

»Dann sind wir alle dran«, wiederholte Ekin. »Wegen Totschlag oder Mord oder so. Denk mal nach, du Matschbirne.«

Willi wandte sich wütend ab.

Mord? Liesa war jetzt ganz Ohr.

Andy ergriff wieder das Wort. »Ich weiß bis heute nicht, watt mit dem los war. Der hat doch nur eins in die Fresse gekriegt, davon bleibt man doch nicht liegen. Dann kam der Steiger, guckte sich den an und sagte, dass er sich schon drum kümmern würde. Ich dachte, der bringt den über Tage oder lässt, wenn es sein muss, einen Arzt einfahren.«

»Moment mal«, meinte Liesa. »Welcher Steiger genau?« Sie wusste, dass pro Schicht verschiedene Steiger arbeiteten, Rang und Aufgaben waren unterschiedlich. Schicht-, Revier-, Fahr-, Obersteiger, vermutlich noch weitere.

»Na, der Reviersteiger. Das war der damals noch, später ist er ja Obersteiger geworden. Der Schleheck. Der hat gesagt: Geht mal aus dem Streb. Ihr könnt Schicht machen und ausfahren. Das haben wir auch gemacht.«

Schleheck. Der Name war Liesa doch ein Begriff. »Alle?«

Andy nickte. »Klar. Bis auf den Steiger und den Grafenkamp natürlich. Den hat dann einer von der Mittagschicht neben dem Förderband gefunden. Der Kopp war ganz blutig, als wäre der Typ runtergefallen oder gegen was Abstehendes gestoßen und hätte sich den Schädel zertrümmert. Schwere Kopfverletzungen, hieß es. Das halbe Gesicht war weg.«

Liesa wusste, dass die Kumpel an manchen Stellen Förderbänder nutzen durften, auf denen Abraum oder Kohle transportiert wurde. Es gab festgelegte Auf- und Absteigestellen für die Bergleute. Nur flach auf dem Bauch liegend war es erlaubt mitzufahren, um sich nicht zu gefährden.

»Was hat der Spacko da überhaupt gemacht vor Schichtende? Und ohne Helm?«, fragte nun Willi.

Andy warf ihm einen vorwurfsvollen Blick zu. »Sah so aus, als hätte ihm einer den Schädel eingeschlagen. War datt nich so?«

»Wer soll datt denn gewesen sein?«, fragte Willi.

»Wer wohl? Wer war denn noch allein mit dem?«, fragte Andy zurück und wandte sich an Liesa. »Wie der Willi schon gesagt hat. Weggeschickt hat er uns. Und ›Ich kümmer mich schon dadrum‹ oder ›erledige das schon‹, hat er gesagt.«

Das hat er wohl auch gemacht, dachte Liesa.

»Arbeitsunfall«, sagten Willi, Andy und Yildirim Ekin gleichzeitig, als wäre das Wort ein Deckel, den man darauf gemacht hätte.

»Wir waren ja bei der Beerdigung von dem Grafenkamp dabei. Fast die ganze Frühschicht war da. Die Kapelle hat gespielt«, erzählte Andy.

Liesa konnte es sich bildlich vorstellen, als sie der Schilderung lauschte. Man hatte ihn auf dem Westfriedhof beigesetzt. Es war ein Abschied voller Stolz und Trauer. Viele Bergleute und Abgesandte des Bergwerks Prosper-Haniel waren gekommen, sodass nicht alle in die kleine Trauerhalle passten. Der Knappenchor sang. Die Trauerhalle war mit brennenden Grubenlampen, der kunstvoll bestickten Traditionsfahne des Chors und Blumen geschmückt. Voller Inbrunst intonierten die älteren Herren in ihren schwarzen Bergmannsuniformen. Während der Andacht leuchtete eine brennende Grubenlampe auf dem Sarg. Sechs Männer und ein Fahnenträger, alle in Bergmannskitteln mit goldenen Knöpfen und Schachthut mit Schlägel und Eisen und schwarzer Feder, umstanden den Sarg. Der Pastor segnete, jemand fand Worte. Während der Knappenchor das Steigerlied sang, hielt ein Bergmann eine leuchtende Grubenlampe hoch. Man lauschte ergriffen und nahm Abschied. Für drei der Kumpel sollte es der Beginn einer langen Leidenszeit sein.

»Als sie das Steigerlied sangen, lief es mir kalt den Rücken runter«, fuhr Andy fort. »Mir standen die Nackenhaare hoch. Alle haben mitgesungen, die Bergleute, der Pastor, Trauergäste, die Abgesandten vom Pütt, sogar der Bestatter.

Ade, nun ade. Lieb Schätzelein. Und da drunten im tiefen, finsteren Schacht bei der Nacht, da denk ich dein. Ade, nun ade, Herzliebste mein.

Diese Strophe sang der Knappenchor, als der Sarg aus der Leichenhalle zum Grab gebracht wurde«, erinnerte sich Andy. »Die Männer sangen die Strophe besonders leise. Die eigentlich folgende Strophe sangen sie nicht:

Und kehr ich heim, zur Liebsten mein, dann erschallet des Bergmanns Gruß bei der Nacht, Glück auf! Glück auf!«

Liesa schluckte.

»Sie ließen den Sarg in die Grube hinab«, erzählte Andy. »Die Fahne wurde drei Mal in das offene Grab gesenkt und die Grubenlampe gelöscht.«

Willi räusperte sich, Ekin wischte sich über die Augen.

»In mir ging damals auch das Licht aus«, sagte Andy leise. »Zappenduster war es seitdem. Wir haben nur noch auf die Anpassung hingearbeitet. Wir waren von ganzem Herzen Bergleute, mit allem, was wir hatten und konnten. Aber es ging nicht mehr, nichts war wie vorher. Wir haben trotzdem einfach weitergemacht. Kein Ton mehr darüber. Jeder ist nach der Schicht, so schnell es ging, nach Hause gegangen und dann irgendwann in die Anpassung. Als es endlich so weit war, gab es nur noch Tageslicht. Eine Zeit lang jedenfalls. Dachten wir.«

Andy, Willi und Ekin sahen schweigend auf das schwache Lampionlicht vor ihnen, die Funzel.

Das letzte Geleit für einen Bergmann auf dem Friedhof, dachte Liesa. Die letzte Seilfahrt. Es ging noch einmal hinunter. Nicht in den Schacht, sondern ins eigene Grab. Kein »Glückauf«, keine glückliche Wiederkehr ans Tageslicht und kein Wiedersehen der Familie. Endgültig. Der junge Bergmann würde nicht mehr wiederkommen und mit ihm auch das Glück wegbleiben. Seines, das seiner Familie und der Menschen, die ihn kannten und nicht vergessen würden. Im Guten wie im Bösen.

Liesa sah, wie der Sarg ihrer Mutter ins Grab hinabgelassen wurde, und spürte einen Moment lang den Schmerz. Dann begann ihr Herz zu rasen und der Schwindel wollte sie zu Boden ringen.

Willis Stimme lenkte ihre Gedanken wieder auf das Geschehen im Jahr 1995. »Als ich seine Frau, die Sabine, da gesehen hab mit den zwei kleinen Kindern, da hätte ich selbst ins Grab springen können, so mies hab ich mich gefühlt. Das wusste aber auch keiner, dass der Familie hatte.«

Liesa drückte ihre Handflächen fest gegen die Tischplatte, atmete langsam ein und aus. Die Welt hörte auf, sich unkontrolliert um sie zu drehen.

»Hätte es eine Rolle gespielt? Hättest du ihn dann nicht totgeschlagen?«

Willi setzte an, auf Andy loszugehen. »Ich habe ihm nur eins in die Fresse gehauen. Mehr nicht! Der Steiger sagte: Der kann eine Abreibung vertragen und fertig. Der war nicht tot, verdammt noch mal! Ich hab keinen totgeschlagen!« Willis Stimme überschlug sich.

»Tatsache ist aber, der ist tot. Wer ist denn dran schuld? Ich kapier das eben alles nicht«, sagte Andy.

Willi fuhr leise fort: »Ich hab der Sabine Geld geschickt. Jeden Monat, 23 Jahre lang. Heimlich. Sie kann nicht wissen, dass es von mir ist. Die stand doch auf einmal ganz allein da mit den Kindern, so jung und schon Witwe.« Willi guckte aus dem Laubenfenster. So weich hatte Liesa ihren Onkel noch nie zuvor erlebt.

»Und ich konnte damit nicht mehr leben«, sagte Andy.

»Wollte den Mist loswerden, deshalb habe ich angefangen, die Geschichte und das alles aufzuschreiben. Meine Erinnerungen. Dass ich mit schuld daran bin, dass der Grafenkamp tot ist. Dass der nicht so blöd war, vom Band zu fallen. Datt war kein Arbeitsunfall. Datt muss doch mal ans Licht! Ein richtiges Buch wäre datt geworden über die Zeit auf dem Pütt und das, was '95 unter Tage passiert ist. Dann hab ich den Schleheck angerufen und gefragt, was er davon hält.«

»Was hat der Schleheck denn dazu gesagt?«, wollte Liesa von Andy wissen.

»Dass das eine ernste Sache ist. Und dass ich mir das gut überlegen soll. Ich würde noch von ihm hören.«

»Und dann?«

»Dann bin ich wieder an den Schreibtisch und hab überlegt. Bis ich auf das Handy gesehen hab. Jemand hatte auf die Mailbox gesprochen. Datt war datt mit den Toten ruhen nicht und so. Die Nachricht hab ich verstanden, datt könnt ihr mir glauben! Ich bin zu Willi rüber und dann sind wir hierher, wo der mich nicht finden kann.«

»Der Steiger?«, fragte Ekin.

»Nee, der Papst«, mopperte Andy.

Die untoten Toten, dachte Liesa. Die Leichen aus der Vergangenheit.

»In diesem Fall ist die Nachricht noch gespeichert? Können wir mal hören?«, fragte Timo und streckte schon seine Hand nach dem Gerät aus.

Andy schüttelte den Kopf. »Nee«, erklärte er. »Der Akku war leer. Zur Sicherheit hab ich das Handy kaputtgemacht. Ich wusste ja nicht, ob der mich über das Ding finden kann.«

Timo nickte langsam. Digital Immigrant, dachte er vermutlich. Oder Schlimmeres.

13

Liesa versuchte, den Hergang genau nachzuvollziehen. »Schleheck hat euch also auf die Idee gebracht, dem eine zu verpassen?« Andy nickte.

Willi zog ein Gesicht und guckte wieder aus dem Laubenfenster. »Eine Scheißidee. Das wissen wir jetzt.«

»Aber warum? Das ist doch nicht normal, dass man sich unter Tage prügelt?«, fragte Timo und sein Vater fühlte sich sichtlich unwohl in seiner Haut.

»Unter Tage kloppt man sich nicht. Das musst du uns nicht sagen«, erklärte Andy gereizt. »Normalerweise sagt man, wenn man ein Problem mit jemandem hat, also ein privates: Komm, wir gehen mal hinter die Wettertür und machen datt ma klar. Und dann, sagen wir mal, führt man ein offenes, klärendes Gespräch miteinander.«

Reibereien gab es überall, das war Liesa klar. Aber was war an diesem Morgen im Jahr 1995 geschehen? Was war anders, dass es zu so einer Katastrophe kommen konnte?

»Der Steiger hat also mitgekriegt, dass ihr dem jungen Bergmann eins auf die Nase gegeben habt?«

Die drei Ex-Bergleute nickten.

»Und dann«, fuhr Liesa fort, »hat er euch weggeschickt und gesagt, dass er sich darum kümmert?«

Die drei nickten abermals.

»Hat er denn jemanden dazugeholt? Ihn, also seine Verletzung, versorgt?«

Man hob die Schultern. »Nicht, dass wir wüssten.«

»Wüsstet ihr das denn?«

»Klar«, war sich Andy sicher. »Wir haben mit den Kollegen gesprochen, auch mit denen von der Mittagschicht. Der Steiger hat den Grafenkamp nicht als verletzt gemeldet und den ausfahren lassen.«

Willi kratzte sich am Kopf.

Andy erklärte weiter: »Dass der bei Schichtende nicht in der Kaue war, hätte man eigentlich merken müssen. Es wird keiner unten gelassen. Wir wollen in jeder Schicht jeden Mann wieder mit nach oben nehmen. Dafür hat jeder seine Marke. Nach Ausfahrt wird kontrolliert, ob alle da sind.«

»Und der Grafenkamp hat keinem gefehlt?«

Andy seufzte tief. »Offenbar nicht.«

»Ist doch seltsam, oder?« Liesa grübelte. Hatte der Steiger die Prügelei angezettelt und dann vertuschen wollen? Warum? Er war allein mit dem verletzten Bergmann. Hatte er ihn getötet? Welchen Grund sollte er dafür gehabt haben?

»Andy, was weißt du über den Steiger?«, fragte sie.

»Was meinst du, hatte er etwas mit Grafenkamp zu tun? Etwas, was einen Mord rechtfertigen würde?«

Ekin atmete laut ein, als das Wort fiel. Mord.

»Zwei Sachen«, fing Andy an. »Ich hab das alles aufgeschrieben.« Er klopfte auf den leblosen, weil stromlosen Laptop. »Erstens: Es gingen Gerüchte um, dass es in den Schichten unter Schleheck viele Unfälle gab. Das hat den Kumpels den Angstschweiß unter den Helm getrieben, dass denen die Suppe bis zum Hintern runterlief. ›Wenn der Schichtführer ist, dann musst du aufpassen‹, hat man gesagt. Auf dich und auf deinen Kumpel neben dir, das haben alle gesagt. Pass auf, wer vor und wer hinter dir steht. Die meisten wollten in die Mittag- oder Nachtschicht wechseln. Das fiel denen da oben schon auf. Aber bevor die Fragen gestellt haben, hörte das mit den Unfällen auf. Und später hat keiner mehr was gesagt und die Sache wurde vergessen.«

»Okay«, schlussfolgerte Liesa. »So ganz ohne war unser Reviersteiger also nicht.«

»Und zweitens«, nahm Andy den Faden wieder auf, »wurde auf der Zeche so viel geklaut, dass eigentlich alle Bescheid wussten. Die Steiger waren ja auch nicht blöd.«

Liesa erinnerte sich daran, dass ein Steiger für Fehlverhalten seiner Bergleute geradestehen musste. In manchen Fällen hatte er sogar persönlich zu haften.

»Der Blödmann hat damit gedroht, uns auffliegen zu lassen. Also der Grafenkamp. Dann hätte er fast

4.000 Mann ans Bein gepinkelt. Grund genug, ihm mal eine kleine Lektion zu erteilen.«

»Das ist nachvollziehbar, aber nicht besonders schlau«, meinte Liesa.

»›Der muss seine Lektion noch lernen‹, hat der Steiger gesagt.«

Und dann haben sie ihm eine Lektion erteilt, dachte sie. »Warum hat man davon nichts mitbekommen?«, fragte sie nach.

»Bei so vielen Bergleuten in drei Schichten und einem Wegenetz, das so verzweigt ist und so groß wie von einer ganzen Stadt, da gucken die sich nicht gegenseitig auf die Finger.«

Liesa nickte. Das war perfekt, um einen Mord zu begehen.

»Die haben das Steigerlied gespielt zu seiner Beerdigung«, sagte Willi in Gedanken.

Liesa konnte nicht anders, als im Geiste die erste Strophe durchzugehen: *Glück auf, Glück auf. Der Steiger kommt. Und er hat sein helles Licht bei der Nacht schon angezünd't.*

»Merkt ihr das nicht?«, fragte sie in die Runde. »Der Steiger kommt nicht mit seinem Licht. Der hat dem Grafen das Licht ausgeknipst!«

»Dann ist er also dageblieben und hat dem den Rest gegeben?«, meinte Andy.

Das Licht ausgeknipst, hallte es in Liesa nach. In mir ging damals auch das Licht aus, sagte es in ihr. In mir auch, flüsterte sie innerlich.

»So sieht's doch aus!« Willi war Feuer und Flamme für die Idee.

Ekin schüttelte den Kopf. »Nee, nix der Schleheck.«

»Und was, wenn doch?«, fragte Andy. »Wenn er den Grafenkamp um die Ecke gebracht hat?«

»Warum hätte er das tun sollen?« Das war Timos beste Frage bis zu diesem Zeitpunkt.

»Als der Steiger sagte, der könnte 'ne Lektion vertragen, da waren wir so bescheuert und haben datt gemacht«, fasste Andy noch einmal zusammen.

Da ging den Männern, einem nach dem anderen, nicht nur ein Licht, sondern gleich eine ganze Reihe von Lichtern auf. Wie die Lichterketten an einem Weihnachtsbaum, wie die Stirnlampen an den Helmen einer kompletten Bergwerksbelegschaft. Es passte alles zusammen. Der Steiger hatte sie auf die Idee gebracht. Er hatte alles genau so geplant, dass sie Grafenkamp verprügeln würden und er sich seiner annehmen konnte. Die drei würden denken, sie hätten ihn getötet oder seien zumindest mitschuldig an dem Tod.

»Er wusste, dass ihr dichthalten würdet«, erklärte Liesa.

»Das hat auch wunderbar funktioniert. 23 Jahre lang, bis ihr schon alle in der Anpassung seid und der Steiger kurz vor der Rente. Die Tat ist so gut wie vergessen. Bis Andy«, alle sahen ihn an, »ausgerechnet den Mörder fragte, was der denn von einer Veröffentlichung hält.«

»Scheiße noch mal, Andy!«, schimpfte Willi. »Da hast du richtig Mist gemacht. Ausgerechnet dem Steiger hast du von dem Buch erzählt!«

Wohl wahr, dachte Liesa. Andy hat Mist gemacht. Großen Mist. Aber der Steiger Schleheck hatte mehr Dreck am Stecken. Er war offenbar ein Mörder. Sein Plan, sie wegen ihrer vermeintlichen Mitschuld am Schweigen zu halten, hatte sich nicht überlebt. In ein paar Tagen würde das letzte Bergwerk geschlossen werden. Dann war endgültig Schicht. Er musste handeln und drohte Andy, er solle die Veröffentlichung und damit die ganze Geschichte von 1995 vergessen, sonst würde ihm etwas passieren. Bei einer Drohung wird es nicht bleiben, fürchtete Liesa. Sie spürte die Gefahr in jeder Faser ihres Körpers.

»So, Vatter«, setzte Timo an. »Jetzt bring ich dich erst mal nach Hause. Ich pass auch auf, dass dich der Berggeist nicht erwischen kann.«

Was dann folgte, ging in die Geschichte der Kleingartenanlage KGV Grüne Lunge e.V. ein. Der Knall war ohrenbetäubend. Die Explosion war vermutlich noch im nördlichen Essen und südlichen Gladbeck zu hören.

Ekin steckte den Kopf zur Tür hinaus. »Ey, Willi, da ist was am Brennen.«

»Da fackelt 'ne Laube ab«, stellte Willi fest, der ebenfalls seinen Kopf rausgestreckt hatte. »Scheiße, das ist meine! Ey, da fackelt meine Laube ab!« Willi rannte raus.

Timo guckte Liesa fragend an. Sie hob die Schultern.

»Ja, habt ihr denn geglaubt, wir machen es dem Berggeist so einfach?«, erklärte Andy und konnte sein Triumphgefühl kaum verbergen.

Liesa wischte sich über die Augen. Ich bin die Blödheit in Person, dachte sie. Natürlich hatte Willi den Andy in einer anderen Laube versteckt. Offenbar in einem herrenlosen Garten. Deshalb sah der auch so verwahrlost aus.

»Und der Dreck unter Willis Fingernägeln?«, fragte sie kleinlaut.

»Wühlmäuse. Er hat letztens ein paar Fallen eingegraben. Im Winter sind die ganz scharf auf Möhren, hat der Willi gesagt. Weil sonst fast nichts im Garten wächst, was die fressen können.«

»Aha.«

»Jetzt sollten wir aber gehen, Timo«, ergriff Andy die Initiative und schnappte sich den Laptop. In der Ferne war schon das Geheule der Feuerwehr zu hören. Und das von Willi.

14

»Da wäre keiner lebend rausgekommen.« Willi schaufelte sich Eintopf auf den Teller. Er war schmutzig aus der Kleingartenanlage gekommen und hatte sich weder Wasser noch Seife gegönnt, aber Liesa wollte ihn nicht kritisieren. Sie hatte die völlig zerstörte Laube gesehen und das verwüstete Drumherum, das einmal Willis Parzelle gewesen war. Er stellte seinen Teller auf Oma Kwatkowiaks Wachstuchtischdecke und begann zu essen. Oma war schon früh aus dem Haus gegangen, nicht ohne Mittagessen und einen Zettel zu hinterlassen. Timo lehnte ab, als Liesa ihm etwas von dem Eintopf anbot, da er zuvor drüben mit seinen Eltern gegessen hatte. Martina hatte ihren Andy wieder, Timo seinen Vater. Aber die Gefahr war nicht vorbei.

»Ich bleibe auch nicht lange«, sagte er und Liesa war klar, dass er seinen Vater momentan nicht allein lassen wollte.

»Alles abgefackelt«, sagte Willi schmatzend und schüttelte den Kopf. »Echt alles.«

»Was war denn die Ursache für die Explosion?«, fragte Timo.

»Die Propangasflasche ist in die Luft geflogen.«

»Wie kann so was passieren?«

»Wenn ich das mal wüsste. Ich war in diesem Winter gar nicht am Ofen. Da muss jemand drangegangen sein. An der Tür zum Schuppen war was komisch.«

Liesa wurde hellhörig. »Ach ja?«

»Da hing ein fremdes Schloss.«

»Bist du sicher?«

»Klar. Die Tür ist rausgeflogen. Ich hab die in der Hecke gegenüber wiedergefunden und angekokelt war die auch ordentlich. Aber da hing ein fremdes Schloss dran. Kleiner, dunkel, anderes Fabrikat. Als ich die Wühlmausfallen eingebuddelt hab, da hing ganz sicher noch mein eigenes. Ich musste Werkzeug aus dem Schuppen holen und hab doch alle Schlüssel an der Püngelnadel hängen. Keiner passt in dieses Schloss.«

Liesa hatte die überdimensionierte Sicherheitsnadel schon mehrmals bei Willi gesehen. Damit hatte er, als er noch als Bergmann auf der Zeche gearbeitet hatte, nach dem Umziehen in der Kaue den Wäschesack geschlossen. Anhand der eingestanzten Markennummer konnte die Wäsche nach dem Reinigen wieder dem Willi zugeordnet werden.

»Das neue Schloss habe ich vorher noch nie gesehen.«

Dann hatte jemand die Gasflasche manipuliert und das Schloss ausgetauscht, ging es Liesa durch den Kopf.

Warum? Damit keiner in den Schuppen geht, die Gasflasche sieht und deren Manipulation entdeckt? Denkbar.

»Mir wäre das bestimmt aufgefallen, wenn da gar kein Schloss gehangen hätte«, ergänzte Willi.

Das war ein gutes Argument für den Austausch.

»Aber wie konnte man die Explosion steuern?«, wollte Liesa wissen.

»Ich hab eine ziemlich demolierte Zeitschaltuhr gefunden«, erklärte Willi. »Die ist auch nicht von mir. Aber datt hab ich den Knallköppen nich gesagt. Wenn die mir die Kripo auf den Hals jagen, gibt es wieder nur Ärger.«

»Heilige Scheiße«, sagte Timo. »So wie es aussieht, war das ein richtiger Bombenanschlag. Und meinen Vater sollte es treffen.«

»Der Typ, der das gemacht hat, weiß, wo wir sind«, ergänzte Willi.

Ja, das war ein Problem, dachte Liesa. Jetzt war keiner mehr sicher. Es war einfach herauszufinden, wo die Goretzkas und Willi wohnten. So wie wir Willi und Andy gefunden haben, hat es der Attentäter bestimmt auch gemacht. Den Willi verfolgt, wie wir ihm problemlos folgen konnten, und anschließend unbemerkt den Anschlag vorbereitet. Nur hatte er die Laube und seine etwaigen Bewohner nicht gründlich genug beobachtet. Hätte der Attentäter gewusst, dass sich Andy nicht in Willis Garten aufhielt, dann wäre der Anschlag erfolgreich gewesen. Es würde nicht lange dauern, bis er merkte, dass er zwar die richtige Laube abgebrannt, aber keinen von ihnen erwischt hatte. Von uns, fiel ihr ein. Der hätte uns alle erwischt. Langsam realisierte Liesa: Sie war nur knapp einem Brandanschlag entkommen. Er würde es weiter versuchen. Sie waren in größter Gefahr.

»Matthias Schleheck«, brummte Willi, »der Obersteiger, der Gewerkschafter, der Genosse.«

Liesa dachte ebenfalls an ihn. »Er hat also damals den tödlichen Vorfall vertuscht?«, fragte sie mehr sich selbst.

»Also, ein Arbeitsunfall war das schon mal gar nicht«, stimmte Timo zu.

»Oder ist da noch etwas anderes im Spiel?«

»Was?«

»Das ist die Preisfrage.« Liesa grübelte.

»Der will jedenfalls nicht, dass das rauskommt«, stellte Timo klar.

»Deshalb der Drohanruf?«

»Ja sicher hat der meinen Vater angerufen. Wer denn sonst? Es wusste doch sonst keiner von dem Buch. Er wollte ihn einschüchtern, ihm Angst machen.«

Das war ihm auch gelungen, dachte Liesa.

»Der Schleheck will nicht, dass mein Vater die Geschichte wieder aufwühlt«, fuhr Timo fort. »Und dass dann jemand hinterfragt, welche Rolle er dabei gespielt hat.«

Das schien ihr plausibel. Und irgendwie auch nicht. »Ist das nicht schon verjährt?«, fragte sie.

»Wenn es tatsächlich ein Mord war, verjährt der nicht.«

»War es denn einer?«

»Frag das mal den Steiger.«

Liesa zog ein Gesicht. Das sollten wir uns für später aufsparen, dachte sie.

Timo schaute auf seine Hände und blickte schließlich auf. »Den müsste man anzeigen.«

»Zur Polizei?« Willi schnaubte. »Wegen einer abgefackelten Laube? Die husten uns was.«

»Und wegen dem Grafen!«, erklärte Timo. »Der ist doch nicht mehr lebendig aus dem Streb gekommen.«

»Haben wir Beweise?«, wandte Liesa ein.

Timo verneinte.

»Also müssen wir das Problem anderweitig lösen. Nur wie?« Diese Frage hing im Raum wie die Rauchschwaden über Willis abgebrannter Scholle.

Nachdem Timo sich verabschiedet hatte und da Willi seinen Angelegenheiten nachging, blieb Liesa allein in der Küche zurück und schaute aus dem Fenster. Sie begann, das Geschirr abzuspülen. Omas Kaffeetassen, die nicht zueinander passenden Teller, die Trinkgläser mit dem 80er-Dekor. Liesa ging behutsam mit ihnen um, denn jedes Teil barg wertvolle Erinnerungen. Sie lächelte und fühlte sich einen Moment lang geborgen.

Doch das Jetzt drängte sich auf. Liesa hängte das Geschirrtuch an den dafür vorgesehenen Haken, verschränkte die Arme und grübelte nach. Das passte einfach nicht. Insgesamt schien das Ganze zu einfach. Andy telefonierte mit einem Steiger namens Schleheck und stellte sein Buchprojekt vor. Der war nicht begeistert. Unmittelbar danach bedrohte Andy jemand, der sich als sein ehemaliger Steiger zu erkennen gab. Da war doch etwas faul. War der Steiger so dämlich, sich selbst zu verraten, oder war er grenzenlos selbstbewusst? Wäre ein Mensch, der über so viel Lebenserfahrung und Führungskompetenz verfügt, nicht subtiler vorgegangen? Vielleicht stand er stark unter Druck. Oder war er etwa psychisch krank, manisch, psychotisch, ein narzisstischer Psychopath? Ihr wurde übel bei dem Gedanken. Psychopathen blendeten ihre Umwelt, wirkten zugewandt, freundlich, hilfsbereit, kompetent. Wenn das auf Schleheck zutraf, hätten sie kaum eine Chance, jemanden vom Gegenteil zu überzeugen und ihn aufzuhalten.

Sie spulte ihre Gedanken ein Stück zurück und versuchte, die Fakten und Hypothesen besser zu sortieren. Der Steiger wusste also von Andys Buchprojekt, *Fakt*. *Angenommen*, er war es, der ihm gedroht hatte. Im Jahr 1995 beging er – *hypothetisch* – einen Mord. Schon vorher waren *vermeintliche* Unfälle unter Tage passiert, an denen er *vermutlich* beteiligt war. Ein unkontrollierter Mensch, der seine Aggressionen verdeckt, also feige auslebte? Passte das zu der Person, die da in den Zeitungsartikeln porträtiert wurde? *Tatsache* war der Brandanschlag. Er sollte vermutlich Andy und sein Buch stoppen. Insgesamt zu viele Unklarheiten. Sie musste mehr über den Steiger herausfinden, wer er war, warum er wie handelte und ob er ein Motiv für den vermeintlichen Mord unter Tage hatte. Eines war jedenfalls sicher: Der Täter musste gestoppt werden. Der Mann war brandgefährlich.

*

Die Toten rufen seinen Namen. Ihre Gesichter sind von groben Hieben verwüstet. Er schaut an sich herab. Blut fließt an seinem Arm herunter, vermischt sich mit Schweiß und Kohlenschmiere. Er spürt den Schmerz, hört den Schrei. Ich bring dich zur Strecke, hört er sich sagen. Und dann tut er es.

15

Obwohl es erst dämmerte, ließ Willi die Rollläden im gesamten Erdgeschoss herunter. Zu dritt saßen sie im Licht der Dunstabzugshaube. Timo war am Nachmittag zurückgekehrt, Willi hatte sich auch wieder eingefunden. Dass er verfolgt worden war, schloss er aus. Es war aber noch nicht ausgestanden.

»Glaubst du, der beobachtet uns?«, fragte Liesa ihren Onkel.

»Kann sein«, bemerkte dieser.

Timo war sich sicher. »Der ist dem Willi doch genauso hinterhergefahren wie wir. Sonst wäre er nicht im Garten aufgetaucht.«

Gerade, als Liesa vorschlug, einen Blick durch einen Lamellenspalt des Rollladens in Richtung Straße zu werfen, schellte es. Liesa erschrak so sehr, dass sie zusammenzuckte.

»Da ist er«, presste Willi hervor. »Wenn man vom Teufel spricht.« Er lugte um die Ecke von der Küche aus in Richtung Flur und Haustür. Durch das Drahtglas schimmerte ein wenig Licht der Außenbeleuchtung. Eine Gestalt hielt sich dort draußen auf. Schwarz, gebückt, unheimlich.

»Jetzt kommt der uns holen«, brachte Willi diesmal hervor.

»Ein bisschen klein, dein Steiger«, flüsterte Liesa, die nun auch um die Ecke linste.

Willi hob die Schultern.

Liesa hörte ein Klirren. Setzte der jetzt Werkzeug an, um die Tür zu öffnen? Dann donnerte es so fest gegen die Tür, dass allen klar war: Hier will jemand rein. Um jeden Preis. Gnadenlos.

Die Gestalt knurrte etwas Unverständliches. Liesa hörte heraus: »Ich komm vom Friedhof.« Ihr gefror das Blut in den Adern. Jetzt kommen die Toten, dachte sie. Oder der irre Steiger. Er will die Toten rächen. Oder er denkt, er wäre selbst ein Toter. Oder ich bin selbst schon verrückt, komplett irre und werde gerade von meiner Paranoia heimgesucht. Alle Oder-Varianten waren gruselig.

»Willi, mach auf jetzt. Ich frier mir noch den Hintern ab.« Man erkannte die Stimme. Es war Oma Kwatkowiak, die draußen versuchte, mit ihrem Schlüssel die Tür zu öffnen. Das konnte ihr jedoch nicht gelingen, da ihr Schwiegersohn Willi Kotecki die Tür von innen abgeschlossen und den Schlüssel stecken gelassen hatte. »Aus Sicherheitsgründen«, sollte er später sagen. Man ließ die Oma ihr eigenes Heim betreten und schüttelte synchron die Köpfe, rollte auch wahlweise mit den Augen oder ließ pfeifend Luft durch die Lippen ab.

Während Oma auf den neuesten Stand bezüglich der Kleingartenanlage gebracht wurde, hatte Liesa den Eindruck, Willis Schlüsselbund baumelte immer noch leise klirrend an der Tür. Sie lächelte und schob den Gedanken weg.

»Ich soll schöne Grüße bestellen von Tante Hetti«, erklärte Oma, nachdem sie, den aktuellen Stadt-Anzeiger unter dem Arm, in ihren Puschen die Küche betreten und das Deckenlicht eingeschaltet hatte. Sie legte die Zeitung auf den Tisch. Tante Hetti war früher Dauergast bei den Kwatkowiaks und eine aus diversen Gründen ambivalent betrachtete Teilnehmerin einiger Grillabende.

»Die ist ja nicht mehr so gut bei, da machste nix. Vorher war ich noch auf dem Friedhof, liegt ja praktisch auf dem Weg.«

Sie schaute Liesa an. »Da ist alles in Ordnung«, sagte sie.

Wusste sie, dass bei Liesa momentan gar nichts in Ordnung war?

Sie habe eine Kerze angezündet, erzählte ihre Oma weiter. Liesa fühlte sich erwischt. Sie war seit der Beerdigung nicht mehr dort gewesen. Aus dem Gesichtsausdruck ihrer Oma war jedoch kein Vorwurf abzulesen. Sie nickte also und empfand es als ein wenig entlastend, dass jemand nach dem Rechten sah und sie nicht allein verantwortlich war. Ich mache es noch schön, dachte sie. Eine Kerze anzünden werde ich auch, wenn ich es dorthin schaffe. Tot ist, wer vergessen wurde, sagt man. Ich vergesse nicht, dachte Liesa. Aber jetzt ist es noch zu früh. Sie wischte die Gedanken zur Seite, sah Timo kurz an und hoffte, dass er nicht in sie hatte hineinsehen können.

»Das war aber auch ein Knall, mein lieber Kokoschinski!«, sagte Oma und machte große Augen, um dem Gesagten Nachdruck zu verleihen. »Ich war gerade auf dem Friedhof und hab etwas Laub weggemacht, da dachte ich schon, die halbe Stadt ist in die Luft geflogen. Und die Feuerwehr, das hörte ja gar nicht mehr auf.«

Willi streckte stolz seine Brust. »Meine Laube«, gab er von sich, als hätte er soeben einen Preis im Lauben-in-die-Luft-sprengen-Lassen bekommen.

Timo grinste Liesa an, die sich ebenfalls ihren Teil dachte. Ihnen verging die gute Laune schlagartig, als sie das Klappern der Briefklappe hörten und etwas in den Flur plumpste. Willi war zuerst zur Stelle, gefolgt von Liesa und Timo. Oma knipste das Flurlicht an. Auf den Fliesen lag etwas, in Zeitungspapier eingewickelt.

Liesa beugte sich darüber, sah etwas Fleischfarbenes in schwarzen, staubigen Krümeln.

»Ach du Scheiße.« Willi war flott am Fenster zur Straßenseite hin, hob den Rollladen an und spähte hinaus. »Nix zu sehen.«

Dann nahm er das seltsame Papierknäuel auf und besah sich den Inhalt. Ein Stöhnen entfuhr ihm, als er das Papier mit spitzen Fingern zurückzog. Er legte ein Stück rohes rosafarbenes Fleisch frei, teilweise verschmutzt, an einer Seite natürlich gerundet, gebogen und strukturiert, an der anderen Seite grob vom restlichen Körper abgehackt.

»Was zum Teufel ist das?«, fragte Liesa. »Irgendwas Menschliches. Ein abgeschnittener Körperteil?« Ekel erfüllte sie.

Willi begutachtete das Fleischstück und war überzeugt: »Datt is 'ne Zunge.«

Liesa musste würgen. »Oh Gott! Wer hat denn jemandem die Zunge rausgeschnitten? Wer macht denn sowas?«

»Den krieg ich!« Timo flitzte zur Tür raus und verschwand in der Dunkelheit. Liesa hielt die Luft an und war erleichtert, als er wieder auftauchte.

»Keiner zu sehen«, bemerkte er atemlos und schloss die Tür hinter sich.

»Zeich mal her«, forderte Oma und Willi hielt ihr das Papier samt Inhalt hin.

»Die ist vom Schwein. Da haben wir früher Sülze draus gemacht. Oder gepökelt. Datt is lecker, kannste mir glauben.«

Vom Schwein? Liesa war wenig erleichtert.

»Die hier ist in was anderes eingelegt«, meinte sie. In Zeitungspapier und mit schwarzen Krümeln garniert. Liesa sah Willi auffordernd an.

»Fettkohle«, meinte dieser und zerrieb etwas davon zwischen den Fingern.

»Wo gibt's die, Willi? Hier in Bottrop?«

»Auch.«

Das führte sie also nicht weiter. Erst einmal standen andere Fragen im Raum: Was soll das bedeuten? Wer will uns damit etwas sagen?

Sie bereiteten die ungewöhnliche Wurfsendung auf dem Küchentisch aus und untersuchten sie vorsichtig.

»Für eine Schweinezunge ist sie klein, oder?« fragte Liesa ihre Oma.

»Vielleicht von einem Ferkel.«

»Spanferkel«, fiel Liesa ein.

Oma nickte.

»Die hat ja nicht gerade jeder zu Hause. Vielleicht tun wir jemanden auf, bei dem in letzter Zeit eines bestellt wurde.«

Timo schüttelte den Kopf. »Das Teil könnte überall herkommen. Soweit ich weiß, kann man schon so einiges beim Online-Metzger bestellen.«

»Ernsthaft?«

Timo grinste Liesa an. Diese wandte sich wieder dem Untersuchungsgegenstand zu.

»Worin ist es eingewickelt?«

Willi strich das Papier glatt.

»Datt is die Zeitung von heute«, stellte Oma fest und schob die aktuelle Ausgabe des Stadt-Anzeigers, die sie selbst mitgebracht hatte, daneben.

Es handelte sich um die erste Seite, links am Rand abgetrennt, der Schnittkante nach zu urteilen mit einer Schere.

»Da hat sich jemand die Mühe gemacht, den Rest abzuschneiden«, bemerkte Liesa. »Also ist es nicht nur Einwickelpapier. Etwas auf dieser Seite muss von Bedeutung sein.«

Sie breiteten nun das neue, unverschmutzte und entsprechend gut lesbare Anzeigenblatt aus und beugten sich darüber.

Oma tippte auf das Offensichtliche, das ihnen förmlich ins Auge sprang: ein Foto im unteren Teil der Seite.

»Hier ist er ja wieder, der Steiger.«

Liesa las den Artikel laut vor:

Letzte Schicht: Am 21. Dezember 2018 wird im Bergwerk Prosper-Haniel in Bottrop die letzte Steinkohle gefördert. Damit endet die über 150-jährige Geschichte der Zeche, obwohl hier noch viele Millionen Tonnen hochwertige Kokskohle unter der Erde liegen. Wichtige Persönlichkeiten wie der Vorstandsvorsitzende der RAG Deutsche Steinkohle, der Werksleiter des Bergwerks, der Betriebsratsvorsitzende der Zeche und der Bürgermeister der Stadt Bottrop werden die Bedeutung des Bergbaus für die Region und die Leistung der Bergleute würdigen, die die Steinkohle aus Tiefen von mehr als 1.200 Metern gefördert haben. »Es wird ein schwerer Tag für uns«, so Obersteiger Matthias Schleheck, »aber ich führe meine Leute bis zum bitteren Ende.«

»Der will uns doch verarschen!«, platzte es aus Willi heraus. »Kommt hier mit so 'ner Scheiße vorbei und schreibt noch seinen Absender dran. So ein –«

Liesa unterbrach ihn: »Du hast völlig recht. Der droht uns, die Klappe zu halten – oder wie soll man das sonst verstehen? Und jetzt verhöhnt er uns auch noch.« Das ist typisch für einen Psychopathen, dachte sie. Der spielt ein Spielchen mit uns.

16

»Das ist schon in drei Tagen«, stellte Timo fest und packte sein Notebook aus. Er habe, eröffnete er, nachdem er seine Eltern an einen sicheren Ort verabschiedet hatte, schon einiges über Schleheck recherchiert.

Gefällt mir, dachte Liesa. Guter Mann.

Seine Internetrecherche ergab unter anderem ein Video, das Schleheck in einem Interview zeigte. Liesa und Willi rückten näher an Timo und sein Notebook heran, Oma setzte sich ihre Brille auf und stellte sich hinter die anderen.

Da war er. Groß, grau, souverän. Auf die Frage, was ein Steiger so mache, antwortete Schleheck mit vollem Bass:

»Heute heißt es ja offiziell: eine verantwortliche Person im Bergbau, deren Hauptaufgabe es ist, für die Arbeitssicherheit der ihm unterstellten Mitarbeiter zu sorgen.«

Bei den Zusehern machte sich Empörung breit. Ausgerechnet!

»Ich seh immer zu, dass meine Leute hier gesund aus der Grube rauskommen. Man muss sich zu hundert Prozent aufeinander verlassen können und zusammen anpacken. Jeder macht seine Arbeit. Mit Leidenschaft und hoch konzentriert, weil alles andere unter Tage nicht in Frage kommt. Hier ist jeder auf jeden angewiesen. Kameradschaft, Verlässlichkeit. Das ist wichtig. Es wird keiner verraten oder zurückgelassen. Sonst kann man unter Tage nicht überleben.«

»Wenn ich den erwisch!«, brüllte Willi los, als das Video zu Ende war. »Mann, den –«

»Nu lass mal, Willi«, unterbrach ihn Oma. »Dass du dem eins auf die Mappe gibst, können wir jetzt nicht gebrauchen. Jetzt ist Köpfchen gefragt.« Sie schaute zu Liesa.

Aha, dachte diese. Jetzt bin ich es wieder. Aber sie war sowieso schon zu tief drin, als dass sie jetzt hätte aussteigen können. Alternativ wartete ihr Laptop inklusive der ungeschriebenen Seminararbeit zu Hause auf sie. Leichte Entscheidung, behauptete Liesa in Gedanken. Ich werde hier gebraucht. Also volle Konzentration auf den Fall, Justus, Peter und Bob.

Sie zog die Zeitung zu sich und betrachtete widerwillig das Foto. Trotz des schlechten Kontrasts war es eindeutig derselbe Mann. Er blickte direkt in die Kamera, wirkte selbstbewusst und loyal. Sie schaute sich anschließend die Presseartikel an, die Timo auf seinem Notebook recherchiert hatte. Schleheck war stadtbekannt und darüber hinaus bestens vernetzt, was an den Fotos zu erkennen war, die ihn mit einigen Lokalgrößen zeigten. Nach den Grubenfahrten sahen die Abgeordneten, Gewerkschaftler, Lokal- und Landespolitiker, Wirtschaftsbosse, Schauspieler und Wasserträger meist erschöpft, aber glücklich und stolz aus. Schleheck war häufig in der Presse vertreten und wurde offenbar oft angefragt, wenn es um das Bergwerk in Bottrop und speziell um das Schließen der letzten Zeche ging.

»Ich kenn den ja noch vom Pütt«, meinte Willi. »Der hielt sich für was Besseres, nicht nur wegen dem weißen Helm.«

Liesa wusste, dass die weißen Helme den Steigern vorbehalten waren. Die anderen Bergleute wie Hauer und Elektriker trugen rote und gelbe Helme.

»Was der sagte, war Gesetz. Das meinte der jedenfalls.« Willi zog ein Gesicht.

Eine moralische Instanz war er oder er hielt sich zumindest für eine, schlussfolgerte Liesa. Ausgerechnet er.

»Und reden konnte der gut. Wenn der mal ein hohes Tier dabei hatte, dann hätte man glauben können, dass dem der ganze Pütt gehört. Wie der Herr Bergwerksdirektor persönlich schlawenzelte der rum.« Willi sah abfällig auf das Foto in der Zeitung.

Liesa versuchte, sich ein Bild von dem Mann hinter der Erscheinung auf den Fotos zu machen. Schleheck war einer, der aufgestiegen war. Er musste über eine hohe emotionale Intelligenz verfügen, erfolgreich kommunikativ und manipulativ agieren. Eine angesehene Führungspersönlichkeit der Deutschen Steinkohle, ebenso als Gewerkschafter vermeintlich auf der Seite der einfachen Kumpel, politisch integer, moralisch unantastbar. Wie musste es für so einen Mann sein, kurz vor Ende der Tätigkeit in eine unschöne Geschichte hineingezogen zu werden, die ihn mit der Anstiftung zu einem tätlichen Angriff in Verbindung brachte, der Verletzung seiner Aufsichtspflichten, einem vertuschten Totschlag oder gar Mord? Andys Veröffentlichung und die darin enthaltenen Andeutungen und Vorwürfe würden seinen Ruf zerstören und den des Bergbaus, des Kumpelmythos. Und das gerade in so einer sensiblen Zeit. Nestbeschmutzer, fiel ihr ein. All das hätte eine Drohung per Telefon und einen kleinen Anschlag auf das Leben der nach langer Zeit aktiv gewordenen Mitwisser gerechtfertigt, ebenso das freundlich eingewickelte Frischfleisch. Liesa wurde fast übel bei dem Gedanken.

Willi hob noch einmal an: »Und wenn ich denen von der Polizei was von einer Propangasattacke durch eine Zeitschaltuhr erzähle und datt datt der Herr Obersteiger war, lassen die mich einweisen. Dann könnt ihr mich in Kirchhellen besuchen.«

Im dortigen Hospital war die für Bottrop zuständige Psychiatrie ansässig. Abgesehen davon gab es auch einige niedergelassene Therapeuten. Ein Gedanke deutete sich Liesa an, flog durch ihren Kopf und verflüchtigte sich wieder. Therapeut. Da war doch was. Vielleicht handelte es sich um ihr kleines Angstproblemchen, welches sich wieder in ihr Bewusstsein schleichen, drängen, quetschen wollte. Liesa schob es zurück und konzentrierte sich wieder auf den Fall.

Wer konnte ihnen weiterhelfen? Wer wusste noch über den Vorfall von 1995 Bescheid? Wer kannte die Verbindung zwischen Grafenkamp und Schleheck? Diese Informationen würden sie sicherlich zu einem Motiv führen, mit dessen Kenntnis sie den Steiger überführen konnten.

»Wir müssen mehr über das herausfinden, was 1995 passiert ist«, sagte Liesa an Timo gerichtet. »Angenommen, Schleheck hat den Grafenkamp umgebracht. Aus welchen Beweggründen heraus hat er das getan? Welche Verbindung bestand zwischen den beiden? Gibt es Beweise für das, was da wirklich unter Tage passiert ist, oder wenigstens Hinweise? Wir müssen mehr herausfinden, sonst können wir nichts gegen Schleheck unternehmen.«

Timo stimmte zu.

»Was ist eigentlich aus der Witwe geworden?«, fragte Liesa.

»Du meinst Sabine? Sabine Schulte-Grafenkamp«, meinte Willi.

Liesa nickte. Bevor sie oder Willi etwas sagen konnten, hatte Timo den Namen schon in sein Notebook getippt und las eine Adresse vor.

»Das wird sie sein«, war sich Willi sicher.

»Es gibt sonst niemanden mit dem Namen, auch nicht S. Grafenkamp oder Ähnliches«, bestätigte Timo.

»Okay«, sagte Liesa. »Wir sollten sie befragen.«

Willi rückte geräuschvoll vom Tisch weg. Er fühlte sich sichtlich unwohl.

»Es hilft ja nichts«, erklärte Timo und tippte die angegebene Telefonnummer in sein Handy.

Hoffentlich landet er jetzt nicht wieder in einem gigantischen Fettnapf wie gestern, als er beim Steiger anrief, dachte Liesa. Timo stellte auf laut, sodass alle mithören konnten.

Eine freundliche Stimme mittleren Alters meldete sich mit einer fragenden Nennung ihres Namens.

Timo antwortete äußerst verbindlich wie ein perfekter Telefondienstleister. Er stellte sich kurz vor und erklärte, sie gern sprechen zu wollen. Es ginge um den Bergbau, der ja nun bald in Bottrop sein Ende finden werde, und um zurückliegende Unglücke. Ihr Mann sei doch bei einem Unglück ums Leben gekommen?

Nach einer Pause, in der Liesa schon befürchtete, dass die Frau auflegen würde, folgte ein Bejahen. Sie zögerte, willigte aber schließlich ein. »Gut, warum nicht. Wissen Sie, wie Sie mich finden können?«

Timo log, als er verneinte, und ließ sich die Adresse durchgeben. Er tippte dabei auf die Notebookanzeige und nickte den Zuhörern in Oma Kwatkowiaks Küche zu. Ob es am nächsten Tag passen würde, fragte er.

»Ich arbeite halbtags«, antwortete sie, »aber am frühen Nachmittag habe ich wohl Zeit.«

Sie einigten sich auf 14 Uhr. Timo bedankte sich mustergültig und beendete das Gespräch.

»So, morgen geht es nach Grafenwald zu Frau Grafenkamp«, verkündete er und schnaufte einmal tief durch.

Liesa fand, dass er das klasse gemacht hatte. Doch ihr war mulmig zumute. Irgendetwas kam ihr merkwürdig vor. Aber jetzt gab es kein Zurück. Am nächsten Tag würden sie die Witwe aufsuchen und tiefer in die Geschichte eintauchen. Ihnen blieb nichts anderes übrig.

17

Timo brachte Liesa nach Hause. Sie hatte zunächst abgelehnt. Das bräuchte er doch nicht, hatte sie gesagt. Es seien ja nur ein paar Minuten zu Fuß. Aber Oma wusste sie zu überzeugen.

»Lass ihn doch, wenn er es kann«, sagte sie und guckte Timo dabei an.

Führte sie etwas im Schilde? Wusste Oma etwas, was sie, Liesa, nicht wusste? Oder noch nicht wusste? Bevor sie wieder von diesem Oder-Fragen-Strudel fortgerissen wurde oder in dem Weiß-noch-nicht-Sumpf feststeckte, griff sie Mantel, Tasche und ihre Oma, um sich mit einer langen Umarmung zu bedanken und zu verabschieden. Auf ihre Oma war Verlass. Mit ihr würde es weitergehen. Und Timo konnte, wie Oma es ausdrückte. Er konnte so einiges. Zunächst konnte er Liesa nach Hause fahren.

»Du parkst auf dem Radweg«, stellte sie fest, als sie vor ihrem Wohnhaus hielten.

»Ich darf das«, behauptete Timo und schaltete den

Motor aus. Auf Liesas Stirnrunzeln hin ergänzte er: »Nach der Aktion in der Kleingartenanlage geht alles. Wir haben deinen Onkel erfolgreich verfolgt, meinen Vater gerettet und sind nur knapp einem Bombenanschlag entgangen.« Er grinste.

»Sondereinsatzkommando Peter Silie und Mira Bellenbaum.«

»Reiner Zufall«, tat es Liesa ab.

»Kommt der auch auf die Liste?«, fragte Timo.

»Reiner Mumpitz«, antwortete Liesa. Timo schaute irritiert. »Klara Fall«, schob sie nach. Sie warfen sich flott weitere Nonsensnamen zu. Als Timo schließlich »Bill Dung« hervorbrachte, konnte Liesa nicht mehr vor Lachen. Timo zitierte »Stinkebiege« und prustete ebenfalls.

»Du hast verloren, Timo«, stellte Liesa fest und musste sich sogar Lachtränen wegwischen.

»Komisch«, antwortete er, »ich fühle mich gerade wie ein Gewinner.« Dabei schaute er Liesa in die Augen.

»Ich geh dann mal«, sagte sie unvermittelt und öffnete die Autotür. »Wir sehen uns morgen wieder.«

»Pass auf dich auf«, sagte Timo. »Und wenn etwas ist«, er legte seine Hand auf ihren Unterarm, »dann melde dich ruhig.«

Liesa nickte und lächelte, stieg aber nicht gleich aus. Timos Hand fühlte sich fremd und angenehm zugleich an. Der Moment blieb und er tat gut.

»Wir sehen uns«, verabschiedete sie sich schnell, schaute nach links und rechts die Straße entlang und ging zum Hauseingang. Erst als sie die Tür hinter sich geschlossen hatte, hörte sie Timos Wagen starten.

Hatte er die Hand länger auf ihrem Arm gelassen, als man es erwarten würde? Vielleicht ein bisschen? Liesa-Lena Kwatkowiak, jetzt fantasieren Sie aber, schalt sie sich, während sie die drei Etagen zu ihrer Wohnung hinaufstieg. Der junge Mann – ich korrigiere: der gutaussehende junge Mann – ich korrigiere noch einmal: der gutaussehende sehr junge Mann – wird sicherlich wenig bis gar kein Interesse an Ihnen haben. Gründe lassen wir zunächst außen vor. Sie sind offensichtlich respektive unübersehbar. Ist ja gut. Wer auch immer du bist, du hast recht. Du strenge Off-Stimme aus den Tiefen der Vernunft. Aus den Abgründen der Selbstunsicherheit. Aus den unendlichen Weiten der Dämlichkeit. Und trotzdem: Schön wäre es ja schon, flüsterte es in ihr.

Der restliche Abend war schnell zusammengefasst. Liesas Versuch, sich an den Schreibtisch zu setzen und ihre Seminararbeit zu schreiben, endete mit dem schlimmsten Angstanfall, den sie bisher jemals erlebt hatte. Sie erlitt eine Todesangst, die erst nach einer halben Stunde abflaute. Als sie aufstehen wollte, zwang der Schwindel sie wieder zurück. Sie wusste nicht, wie lange sie dort am Schreibtisch verharrte. Wie festgefroren fühlte sie sich, unfähig und starr. Zu wissen, dass ihre Angstattacken immer schlimmer wurden, ließ sie resignieren.

Als sie endlich aufstehen konnte, legte sie sich ins Bett, grübelte und rappelte sich schließlich doch wieder auf. Um sich abzulenken, schaltete sie den Fernseher ein, zappte herum und blieb bei einer Dokumentation hängen. Um den Abschied von der Kohle ging es. In drei Tagen – sie schaute auf die Uhr, nein, es war inzwischen nach Mitternacht – in zwei Tagen schon war es soweit. Dann nehmen wir Abschied, dachte sie. Ihr Herz schlug noch einmal schneller. Ruhig, sagte sie zu sich selbst. Du hattest doch schon deinen Spaß. Jetzt geht es mal nicht um dich.

Das Steinkohlenende war ein Abschied für immer, schon wieder einer. Wie sollte sie das schaffen? Warum wird mir schwer ums Herz, wenn es zu Ende geht?, fragte sie sich. Wenn alle Zechen geschlossen waren, würden die Erinnerungen mit ihnen gehen?

Tief unten, im Körper der Erde, unter Tante Hettis Vorgarten, unter Mutterboden, Lehm, Sand- und Kiesschichten. Geteuft, in die Tiefen der Erde gegraben, durch alle Schichten der Erde gedrückt, gefräst, gefressen, gekämpft. Tausend Meter hinuntergebohrt und vorangetrieben, mit Stempeln aus Stahl verstärkt. Dort schneiden sich Maschinen in das Gestein, um Strecken aufzufahren und an das Kohleflöz zu gelangen.

Millionen Schritte von Bergleuten hallen hier unter der Erde, Millionen Handgriffe wurden getan.

Es ist heiß, laut und dreckig. Die Grube hat einen eigentümlichen Geruch. Faulig, moderig, mineralisch tropft es von oben herab und läuft an den Wänden entlang. Es riecht nach Industrieöl und Abgasen der Dieselkatze und man schmeckt den Staub. Die Steinkohle haben sie dem Berg abgetrotzt, mit Schweiß und Blut dafür bezahlt. Ratten balancieren über Kabel durch die Strebe. Das Geleucht der Bergleute wankt durch die ewige Nacht. Sie sprechen verschiedene Sprachen, machen derbe Späße, verstehen einander und holen sich nach Unglücken heraus.

Das ist das, was uns ausmacht, dachte Liesa. Das sind wir. Unsere Identität. Natürlich schaute man auch in die Zukunft. Einige Slogans wollten diesen Blick nach vorn forcieren. Doch es wirkte gewollt. Wir werden es überleben, dachte sie. Aber es tut weh.

Es war eine politische Entscheidung, sagen die Bergleute. Hart erkämpft war das Wie. Statt Massenentlassungen folgte eine Zechenschließung nach der anderen. Die Bergleute wurden verlegt oder gingen in den Vorruhestand, die Anpassung. Niemand sollte ins Bergfreie fallen, in eine unsichere Zukunft. Der Steinkohlenbergbau würde nun im Jahr 2018 endgültig zu Grabe getragen. Man wollte ihn nicht mehr.

Sie hatten Vorkehrungen getroffen, um die Ewigkeitsaufgaben zu erfüllen. Es musste weiterhin ununterbrochen an einigen Stellen Wasser abgepumpt werden, damit das Ruhrgebiet nicht absäuft und die Flüsse nicht rückwärts fließen wegen der Bergsenkungen von 10 bis 25 Metern. Das Licht bei der Nacht wird nicht ausgemacht.

Mit diesem Gedanken kam der Schlaf. Es wurde eine unruhige Nacht.

Sie sieht, wie der Sarg in das offene Grab hinabgesenkt wird. Verliert den Halt, es zieht sie nach unten. Sie löst sich vom Erdboden und fällt in die klaffende Graböffnung. Das Schwarz umschließt sie mit einer erbarmungslosen Kälte, dass sie aufstöhnt. Sie fällt unaufhörlich in die Grube, in die Schwärze, ins Bergfreie. Niemand, der sie hält. Mutterseelenallein fällt sie, tiefer als das Grab, tiefer noch als alles, was sie sich bis dahin hatte vorstellen können. Ihr Schrei verhallt ungehört. Hilflos und ohne jegliche Kontrolle rast sie in den Abgrund, um sich gänzlich zu verlieren. Die Dunkelheit verschlingt alles von ihr. Sie stürzt ungebremst in die endlose Tiefe, in ihr Selbst, ihr Unvermögen, ihre Schuld.

Liesa schreckte hoch. Ihr Herz raste. Sie bekam kaum Luft, zitterte, war erstarrt, handlungsunfähig, nassgeschwitzt. Ich bin noch weit weg, dachte sie. Und muss erst wieder bei mir ankommen.

18

Es war schon nach Mittag, als Timos schwarzer Tarnflitzer in Richtung Kirchhellen, dem nördlich gelegenen Vorort Bottrops mit ländlichem Charakter, unterwegs war. Müde sah Liesa auf die vorbeigleitenden Häuser und Felder. Sie hatte eine schlechte Nacht und einen genauso schlechten Start in den Tag hinter sich. Schweigen füllte den Raum wie Nebel. Liesa hing ihren Gedanken nach. Grau und schwarz präsentierte sich die Welt, kahl und leer. Der Winter ließ alles verharren. Ausruhen, dachte Liesa. Die Welt ruht sich nur aus. Ihr fielen die Augen zu.

Als sie spürte, dass Timo den Wagen beschleunigte, war sie mit einem Mal hellwach. Er sah immer wieder in den Rückspiegel.

»Ist da jemand?«, wollte Liesa wissen.

Timos Antwort ließ auf sich warten. Sie schaute ihn an, bemerkte seine Anspannung und klappte ihre Sonnenblende herunter. Im Spiegel zeigte sich ein dicht auffahrendes Fahrzeug.

»Der ist schon die ganze Zeit hinter uns«, erklärte

Timo. »Hat nicht überholt, als ich langsam fuhr und Platz war. Jetzt klebt er an unserer Stoßstange.«

Liesa fluchte innerlich, schaute wieder in den Spiegel. Es war ein dunkler Geländewagen, hoch, breit und vermutlich übermotorisiert. Welche Qualitäten der Fahrer hatte, wusste sie nicht. Eventuell Führungsqualitäten, Durchsetzungsvermögen und einen Schuss Wahnsinn.

»Ist er das?«, fragte sie.

»Kann ich nicht erkennen«, antwortete Timo mit gepresster Stimme.

»Halt dich fest.« Er lenkte scharf nach rechts und driftete in einen Feldweg hinein. Liesa schrie auf. Ihr Auto stoppte abrupt, sodass Timo und Liesa erst nach vorn gerissen und dann in die Sitze gedrückt wurden. Sie sah sich um. Der Geländewagen war geradeaus weitergefahren.

»Das machst du jetzt aber nicht immer so«, schnaufte Liesa. »Dein Fahrstil hat mir vorher besser gefallen.«

Er grinste schief. Natürlich erwartet er jetzt ein Kompliment, wusste sie. Heldenhafter, großmütiger Kerl von einem Mann. Hüne, Adonis, Angehöriger eines mythischen Riesengeschlechts.

»Kavenzmann«, entfuhr es ihr.

»Wie?«

»Sagt man hier.«

»Ja, nee, ist klar.«

Er konnte ihr Grinsen nicht sehen. Sie hätte sich daran gewöhnen können, ihn zu ärgern.

In diesem Moment klingelte Timos Handy. Er fischte es aus der Jackentasche. Seine Augen weiteten sich, als er auf das Display schaute.

»Wer ist es?«, fragte Liesa.

»Schleheck«, flüsterte Timo. »Der Steiger.«

Liesa spürte, wie ihr Puls aussetzte und das Blut in ihren Adern schockgefror. Verdammt, Timo hatte ihn ja an dem Abend angerufen, als sie nach Andy suchten. Sie schaltete schnell und deutete auf ihr Ohr. Timo verstand und stellte das Handy auf laut.

»Glück auf«, donnerte der Steiger in seinem tiefen Bass, sodass sich die beiden heftig erschraken. Sie kannten die Stimme aus dem Interview-Video. Doch ihn nun direkt am Telefon zu hören, war angsteinflößend und noch mal eine ganz andere Hausnummer. Liesa sah sich wieder um. Weit und breit war niemand zu sehen.

Schleheck kam gleich zur Sache und fragte, ob sie einen Pressetermin ausmachen wollten und entschuldigte sich kurz dafür, dass er jetzt erst zurückrief.

»Im Moment bekomme ich ständig Anfragen. Es ist viel zu tun.«

Ja, das glaube ich dir, dachte Liesa. Drohungen durchführen, Anschläge vorbereiten. Was man so als vielbeschäftigter Serientäter, Kapitalverbrecher, Mordbube so zu tun hat.

»Vom Kä…, äh, Stadt-Anzeiger«, stammelte Timo.

Liesa starrte ihn an. Er hob entschuldigend die Schultern, war überrumpelt wie sie.

Schleheck schwieg eine Weile, als versuchte er, sich zu erinnern.

»Ganz neu dabei«, erklärte Timo.

Der Steiger kennt jeden Pressefuzzi dies- und jenseits der Emscher, da war sich Liesa sicher.

»Volontäre«, flüsterte sie und zog ein Gesicht vor Anspannung. Würde er das fressen?

»Genau. Volontäre«, sagte Timo wieder.

Hoffentlich spricht er gleich in ganzen Sätzen, dachte Liesa. Sonst fliegen wir sofort auf.

»Das ist doch in Ordnung für Sie?« Timos vollständiger Fragesatz gab Liesa wieder Hoffnung. Sie waren noch im Spiel.

»Ah ja, der Stadt-Anzeiger. Wir machen einen Termin. Ein schönes, kleines Interview, ein nettes Foto.« Der Steiger wirkte eindrucksvoll und einnehmend. Seine Stimme war deutlich, er war klare Ansagen gewohnt. Es schwang unverkennbar ein starker Ruhrpottsingsang mit.

»Kommen Sie doch mal vorbei. Dann kann ich Sie rumführen. Schon mal auf dem Pütt gewesen?«

Der hat viele Jahre mit meinem Onkel und Timos Vater zusammengearbeitet, dachte Liesa. Zuletzt hat er Andy und Willi verfolgt, vielleicht auch uns beobachtet. Kannte er Timos Stimme? War er misstrauisch geworden? Hatte er die Handynummer inzwischen im Internet recherchiert? Was, wenn er sie erkannt hatte?

Timo vereinbarte einen Termin mit Schleheck, angeblich für ein Interview.

Sein Terminkalender sei sehr voll und arbeiten müsse er schließlich auch noch, erklärte der Steiger schnell und ließ ein bellendes Lachen folgen. Bei der Abschlussveranstaltung sei er zu treffen, auf Prosper-Haniel in zwei Tagen. Sie seien doch bestimmt auch dort? Vor der offiziellen Veranstaltung habe er etwas Zeit.

Liesa nickte, Timo bestätigte den Termin.

»Wir sind da.«

Am Ende des Gesprächs bat der Steiger: »Grüßen Sie mal den Torcyk von mir. Der ist doch noch Chefredakteur beim Stadt-Anzeiger, oder?«

Liesa hob die Schultern.

Timo entschied sich. »Ja, klar.«

Am anderen Ende der Leitung wurde es ruhig. Liesa hätte sich vor die Stirn hauen können.

»Wer ist da? Mit wem spreche ich?«, fragte der Steiger mit eisiger Stimme.

»Goretzka«, ließ Timo verlauten.

Liesa brach innerlich zusammen.

»Und ich hab da noch ganz andere Fragen.«

»Bist du verrückt geworden?«, flüsterte Liesa panisch. Doch Timo ließ sich nicht abbringen.

»Was war 1995? Wir haben Kenntnis über –«

Eigentlich nichts, setzte Liesa in Gedanken fort.

»Goretzka, ja?«, unterbrach Schleheck Timo ungehalten.

»Sie kennen meinen Vater und Sie wissen, was 1995 passiert ist. Der angebliche Arbeitsunfall.«

Schleheck sagte nichts mehr. Liesa dachte schon, er hätte aufgelegt. Sie schaute sich wieder um, doch da war niemand. Ein Linienbus fuhr die Landstraße entlang, von der sie gekommen waren. Der eine oder andere Kleinwagen.

Plötzlich ertönte Schlehecks Stimme wieder. »Da haben wir was zu klären.« Damit beendete er das Gespräch.

Liesa fühlte sich ertappt. »Scheiße Timo, der hat die ganze Zeit gewusst, dass wir nicht echt sind.«

»Meinst du? Dafür war ich aber echt gut.«

»Ja, irrsinnig gut. Vermutlich stehen wir inzwischen auch auf seiner Liste. Jetzt weiß er Bescheid«, stellte sie fest. Timo nickte. Es war nun dringender denn je herauszufinden, was der Steiger damals genau geplant hatte und was wirklich dem jungen Grafenkamp unter Tage zugestoßen war. Sie mussten ein Motiv für den Mord finden, den er begangen hatte, um ihn aufzuhalten und dingfest zu machen.

Jetzt haben wir es versemmelt, ärgerte sich Liesa. Gründlich versaut. Verkackt. In den Kirchhellener Sand gesetzt. Gern würde sie den Mist einfach zuscharren wie eine Katze, sich dann die Sandkörner von den Füßen schütteln und weitergehen, als sei nichts geschehen.

Timo zog ein Gesicht und fuhr sich mit der Hand darüber. Offensichtlich dachte er ähnlich wie Liesa und ärgerte sich. Aber es schien ja in der Familie zu liegen, ausgerechnet mit diesem Steiger-Typen zu telefonieren. Die Goretzka-Jungs hatten nichts Besseres zu tun, als den Meuchelmörder immer wieder aufzustacheln.

Eigentlich galt der Anschlag ursprünglich Andys Laptop und seinem Dateninhalt, also dem Manuskript mit Andys Erinnerungen und Anschuldigungen den Todesfall im Jahr 1995 betreffend. Hinzu kamen die damaligen Augenzeugen, die drei Ex-Bergleute. Die sollten eliminiert werden. Und da Timo und sie selbst ja nun so prima Bescheid wussten und das dem Herrn Schleheck höchstpersönlich nahegebracht hatten, gehörten sie inzwischen ebenfalls zum illustren Kreis der Gefährdeten. Herzlichen Glückwunsch, Miss Meisterdetektivin Murmel und Ihr Anhängsel, Mister Stranger. Sie haben es von laienhaften Ermittlern zu ebenfalls laienhaften potenziellen Anschlagszielen geschafft. Inklusive Verabredung mit dem Attentäter. DAS kriegt auch nicht jeder hin.

19

»Es wird Zeit«, bemerkte Timo.

In wenigen Minuten waren sie mit Sabine Schulte-Grafenkamp verabredet, der Witwe von Ansgar Schulte-Grafenkamp. Timo gab Gas und hielt auf den Förderturm zu, der aus dem ländlichen Kirchhellen in den Himmel ragte.

»Hier muss es sein«, meinte er, als er den Wagen in der Einfahrt eines größeren Einfamilienhauses mit Doppelgarage abstellte. Vermutlich aus den Fünfziger- oder Sechzigerjahren, verklinkert, altbacken, überaus gepflegt.

Vor der Haustür fragte Liesa: »Bist du sicher, dass es richtig ist, was wir tun?«

»Weißt du eine Alternative?«, fragte Timo zurück.

Sie wusste keine. Also betätigte sie den Klingelknopf. »Schulte-Grafenkamp« stand auf dem Messingschild. Eine Frau mittleren Alters öffnete die Tür.

»Guten Tag«, begann Liesa das Gespräch. Sie nannte ihren und Timos Namen und bemerkte, dass sie gestern telefoniert hätten.

»Sabine«, stellte sich die Frau vor. »Wir können uns doch duzen, oder?« Sie wartete das Nicken der Besucher kaum ab. »Kommt doch rein.«

Liesa betrat angesichts der seltsam freimütigen Begrüßung verdutzt den Flur, Timo folgte ihr. Es offenbarte sich die ganze Pracht eines Hauses, das von einer anderen Generation gebaut und eingerichtet worden war. Manches hatte die jetzige Bewohnerin zwar renoviert und ein wenig dekoriert, aber der altmodische Charme war nicht gewichen. Sabine wies ihnen einen Platz im Wintergarten zu und verschwand kurz, um mit Kaffee und Keksen wiederzukommen. Etwas kam Liesa an Sabine bekannt vor. Hatte sie die Frau früher schon einmal getroffen?

»Es ist schön, dass ihr da seid.« Mit dieser Offenheit hatte Liesa nicht gerechnet. Ihr kam Sabines Verhalten merkwürdig vor, schließlich waren sie Fremde, die aus heiterem Himmel mit ihr sprechen wollten. Hier stimmte etwas nicht. »Es geht um meinen Mann, den Ansgar, richtig? Um seinen …«, sie überlegte, »seinen Unfalltod.«

Liesa nickte. Sie wollte nicht mit der Tür ins Haus fallen, folgte aber Sabines Einladung, gleich auf den Punkt zu kommen, und fragte nach Ansgar. »Wie war er so? Mögen Sie, ich meine, magst du ihn beschreiben?«

Nach Sabines Aussage war Ansgar ein strebsamer, junger Ehemann und Vater, in der Gemeinde engagiert, ein netter Familienmensch, wie er im Buche stand. Er wollte nach der Lehre als Bergmechaniker auf die Bergfachschule gehen und den Techniker machen, also Steiger werden.

»Ansgar hatte einiges auf dem Kasten und keine Angst vor Verantwortung«, sagte Sabine nicht ohne Stolz.

Er hatte auch keine Angst davor, seine Kollegen zu verpfeifen, dachte Liesa.

Als Alleinerziehende habe sie nach Ansgars Tod die Kinder großgezogen. Zunächst mit der Hilfe der Schwiegereltern, in deren Haus sie eingezogen war. Sie war bis auf kürzere Episoden allein geblieben, ihre Kinder waren inzwischen erwachsen und lebten nicht mehr bei ihr.

»Ich habe mir Gedanken gemacht, ob alles mit rechten Dingen zugegangen ist, da unter Tage. War jemand daran schuld?«

Liesa bedeutete ihr mit einem aufmunternden Nicken weiterzuerzählen.

»In zwei Jahren wird das Grab weggemacht«, sagte Sabine und wirkte emotionslos dabei. »Dann sind 25 Jahre rum. Das ist auch in Ordnung. Ich habe hier«, sie deutete in Richtung des Förderturms von Schacht 10, der vom Terrassenfenster aus hinter der Kirchhellener Gartenhecke aufragte, »schon das größte Grabmal, das man sich vorstellen kann. Jeden Tag, versteht ihr?« Sie sah erst Timo und dann Liesa eindringlich an. »Jeden Tag denke ich daran.« Sie blickte ins Leere. »Er macht mir viel Arbeit, der Garten. Ich wollte wegziehen«, fuhr Sabine fort, »nachdem das mit Ansgar passiert ist. Aber wegen der Kinder bin ich dann doch geblieben. Ich konnte ihnen ja nicht auch noch ihr Zuhause nehmen.« Dabei blitzten kurz Tränen in ihren Augen auf, die sie routiniert mit dem Wegstreichen einer Haarsträhne wegwischte, als sei nichts geschehen.

Vermutlich hatte Sabine jahrelang ihre Tränen vor den Kindern verbergen müssen. Jetzt war es schon zur Selbstverständlichkeit geworden.

»Irgendwas war damals faul, oder? Ich meine, ihr kommt schließlich nicht ohne Grund nach so langer Zeit vorbei und stellt Fragen.«

Liesa wollte ansetzen, aber Sabine erzählte weiter.

»Es war so still nach der Beerdigung. Kein Scherz wurde gemacht, keine Dönekes erzählt. Das macht man doch sonst so, oder? Es wurde nicht über Erlebtes gesprochen, wie man das normalerweise beim Kaffee und Schnaps macht. Die Männer vom Pütt haben sich so schnell wieder verabschiedet, dass es auffallen musste.« Ihre Stimme klang monoton und fern. »Ich hatte das Gefühl, niemand hat Ansgar gemocht. Das verwirrte mich, auch heute noch. Es war, als hätte man mir meinen Mann ein zweites Mal genommen. Und das war noch schlimmer.«

Und da war das anonym gezahlte Geld, von dem Sabine dachte, dass es wohl von jemandem stammte mit Mitleid oder einem schlechten Gewissen, weil er Mist gebaut hatte unter Tage.

Da liegt sie goldrichtig, dachte Liesa und hatte dabei ihren Onkel Willi im Sinn.

»Die Kollegen waren ja dann schnell weg und haben sich nicht mehr blicken lassen«, sagte Sabine mit Bedauern. »Nur der Steiger, der Matthias Schleheck, der hat noch nach uns gesehen und nachgefragt, ob wir etwas brauchen«.

Timo und Liesa sahen einander bedeutungsvoll an.

Er habe später dabei geholfen, die Terrasse zu bauen, als diese wegen einer Bergsenkung fast völlig zusammengebrochen war und sie nach dem Tod der Schwiegereltern allein mit ihren Kindern in dem Haus lebte.

»Da konnte ich die Kinder nicht mehr im Garten spielen lassen, die wären mir noch bis in den Keller gefallen«, erinnerte sie sich und schmunzelte. »Nee, der Schleheck ist vorbeigekommen und hat höchstpersönlich und ganz allein die alte Terrasse abgerissen. Er ist ständig in den Keller gerannt und wieder hoch, dass ich schon dachte: Der kriegt noch 'nen Hitzschlag oder Herzkasper. So ganz jung war er ja auch nicht mehr.«

Liesa wurde hellhörig. In den Keller, allein, hat sich quasi aufgedrängt? Was hatte er da gemacht? Hatte er etwas gesucht? »Was ist denn im Keller, Sabine?«, fragte sie geradeheraus.

»Eigentlich nichts«, antwortete Sabine. »Zeug eben, Gerümpel, alte Sachen noch von Ansgars Vater.«

Liesa versuchte sich zu erinnern. Mit dem war doch etwas. Wer hatte den noch mal erwähnt? Andy oder Willi? Sie musste sich konzentrieren und kramte in ihren Hirnwindungen. Gewerkschaft, fiel ihr wieder ein. Ansgars Vater war ein hohes Tier in der Gewerkschaft, Ansgar wollte flott aufsteigen. Also wollte Papi Schulte-Grafenkamp seinen Sohn in den Sattel heben? Schleheck, der Steiger, der Genosse, der Gewerkschafter. Waren die beiden damals Konkurrenten? War das die Verbindung, der Missing Link? Das Motiv für den Mord an Ansgar Schulte-Grafenkamp, dem jungen Bergmann mit Aufstiegswillen, Ehrgeiz und einem Hang dazu, sich bei Kollegen und Vorgesetzten unbeliebt zu machen? Was war im Nachlass des Schulte-Grafenkamp senior, das Schleheck interessierte? Wofür würde er sich hier ranwanzen und den barmherzigen Bergmann spielen, um es in die Hände zu bekommen?

»Mein Schwiegervater hatte da etwas«, unterbrach Sabine Liesas stille Gedanken. Sie erklärte, dass sich das Dokument zwar im Nachlass befunden und man es ihr nach seinem Tod ausgehändigt habe, aber separat mit weiteren Unterlagen. Es lag nicht bei den anderen Dingen im Keller und war für Schleheck infolgedessen nicht auffindbar.

»Vielleicht möchtet ihr es sehen?«, bot Sabine an.

Liesa quollen fast die Augen über. Timo bejahte sachlich. Ermitteln konnte so einfach sein, dachte sie.

Man brach auf. Während Sabine im Wohnzimmer die Schublade eines antiquierten Schränkchens öffnete und das angesprochene Schriftstück hervorholte, besah sich Liesa im Flur den Garderobenspiegel. Er war gleichzeitig Schlüsselbrett und Klemmgelegenheit für Zettelchen und Visitenkarten. Liesa musste schmunzeln, als sie das Kärtchen mit dem Vögelchen entdeckte, das den griechischen Buchstaben Psi wie einen Schlüssel im Schnabel hielt. Das Psi sah ein bisschen aus wie Neptuns Dreizack in kurz und war das Symbol für ihr Fachgebiet, die Psychologie. Schräges Design, dachte Liesa. Auf was für Ideen die Leute so kommen.

»Mein Schwiegervater, also der Vater von Ansgar«, begann Sabine und übergab Liesa ein Dokument von zwei Seiten, »hat seinerzeit in der Zechenverwaltung gearbeitet. Damit konnte er belegen, dass etwas nicht mit rechten Dingen zugegangen ist, hat er gesagt. Ich kenne mich ja mit sowas nicht aus.«

Ich auch nicht, dachte Liesa und reichte das Papier nach einem Blick darauf an Timo weiter. Der konnte offenbar durchaus etwas damit anfangen.

»Unfallstatistik der Jahre 1990 bis 1994«, murmelte er, während er die Tabellen und Listen durchging. »Sortiert nach Nummern.«

»Schade, dass ausgerechnet das Jahr 1995 nicht dabei ist«, bedauerte Liesa.

»Das ist gar nicht nötig«, sagte Timo und blickte auf.

»Wenn ich das richtig verstehe, tanzt hier einer ordentlich aus der Reihe.« Er lächelte. »Und nachdem ich rausgekriegt habe, welcher Name hinter der vierstelligen Markennummer steckt, kann ich dir genau sagen, wer es ist.«

Liesa nickte. Wenn es das war, was sie vermutete, war dieses Dokument Gold wert. Es würde beweisen, dass der gute Steiger Matthias Schleheck schon in der Vergangenheit nachlässig und verantwortungslos gearbeitet hatte, seiner Pflicht als Aufsichtsperson nicht nachgekommen war und somit die Schuld an Unfällen trug. Vermutlich auch an dem, der Ansgar Schulte-Grafenkamp das Leben gekostet hatte. Dem gehen wir damit an sein beschissenes Arschleder, dachte sie. Dich kriegen wir. Ans selbige.

20

»Was hältst du davon, Timo? Die Kirchhellener sind schon ein besonderer Schlag, jedenfalls die Schulte-Grafenkamps.«

»Es heißt eigentlich Kirchheller, nicht Kirchhellener.«

»Boah, Timo. Wenn ich dich nicht hätte.«

»Ja, was dann?« Er sah sie erwartungsvoll an.

»Ach, Timo. Du bist der Bruder, den ich nie haben wollte.«

Er antwortete nicht. So etwas hatte er sicher nicht hören wollen. Liesa lenkte das Gespräch wieder auf den Fall. »Sie wirkte überhaupt nicht überrascht, als wir ankamen und sie über den Tod ihres Mannes ausfragten. Es kommt doch sicher nicht täglich jemand vorbei und spricht mit ihr darüber.« Liesa legte den Kopf schief. »Als ob sie schon damit gerechnet hätte, dass jemand mit genau diesen Fragen kommt.«

»Wir haben uns vorher angekündigt.«

»Klar, aber diese Bereitwilligkeit, mit der sie erzählte. Mir kommt das seltsam vor.« Sie war sicher wütend damals, vermutete Liesa. Und hatte viel Zeit und allen Grund, es zu bleiben.

»Du siehst Gespenster«, tat Timo ihre Zweifel ab.

»Kann schon sein.«

Sie überlegten schweigend.

Schließlich bemerkte Timo: »Sie wusste aber schon ziemlich schnell, was wir wollten und wo sie die entsprechenden Dokumente finden konnte.«

Liesa nickte. »Sie ist nicht auf den Kopf gefallen. Und sie hatte 23 Jahre Zeit, darüber nachzudenken, was damals passiert ist.« Eine lange Zeit, dachte Liesa. Etwa die Hälfte ihres Lebens. Unterdessen hat sie zwei Kinder allein großgezogen. Ihr Mann hatte Aufstiegspläne und versprach ein gutes Einkommen und Sicherheit in jeder Beziehung. Das war alles mit ihm gestorben, von einem Tag auf den anderen weggefallen. Wegen irgendeiner Sache unter Tage. Einem vermeintlichen Unfall, der seine Frau skeptisch machte. Liesa sah Sabine sich mit den Jahren verändern. Sie ordnete Bilder, passende Emotionen und Motivlagen den verschiedenen Phasen in Sabines Leben zu, konnte tief in ihre Vergangenheit eintauchen. Aber seltsam: Im Heute sah sie die Frau nicht. Irgendwie blieb sie unnahbar, schemenhaft, im Dunkeln. Gleichzeitig kam ihr etwas an Sabine bekannt vor. Waren sie sich wirklich schon einmal begegnet?

»Irgendetwas stimmt da nicht.«

»Wir wissen mehr, wenn die Markennummer zuzuordnen ist. Dann haben wir einen Namen.« Natürlich hatte Timo sein Notebook dabei. Noch vor dem Schulte-Grafenkampschen Haus loggte er sich ein und durchwühlte Onlineunterlagen. Oder tat sonst etwas, was Liesa nicht ersichtlich war.

»Passt«, bemerkte er nur und klappte das Teil zusammen.

»Und?«, hakte Liesa nach.

»Das dauert ein bisschen. Ich habe jemanden darauf angesetzt.«

»Aha.« Liesa deutete an, dass sie bis dahin auch etwas essen könnten, sie sei mittlerweile fast verhungert. Dem hatte Timo nichts entgegenzusetzen.

Mit Speis und Trank vom Imbiss fuhren sie wieder los und parkten auf dem großen Mitarbeiterparkplatz von Schacht 10, der jenseits der Landstraße lag. Hier hatten sie die Umgebung im Blick und fielen nicht weiter auf.

Sie sahen direkt auf den Förderturm.

»Was ist eigentlich mit deinem Vater?«, wollte Liesa nach einem großen Schluck aus der Limoflasche wissen. »Nicht, dass dem doch noch was passiert.«

Timo wischte sich Krümel vom Mund und grinste. »Dem geht's bestens. Wir haben einige Kollegen mobilisiert. Kaum zu glauben, wie viele Termine die haben, wenn die erst mal in der Anpassung sind. Aber sie haben sich die Zeit freigeschaufelt und auch ein paar Leute, die hier noch aktiv sind, haben sich bereit erklärt, auf ihn aufzupassen. Momentan machen sie eine Quad-Tour durchs Rheinland.«

»Ernsthaft?«

Timo nickte mit vollem Mund.

»Was machst du eigentlich nach dem Studium? In welche Richtung geht es?«, fragte Liesa. Timo nannte ihr einen mindestens achtsilbigen englischsprachigen Begriff, der sich höchst kompliziert anhörte und vermutlich hochbezahlter Erbsenzähler und Menschenwegrationalisierer bedeutete. Sie hatte kürzlich ihre kleine private Sammlung absurder Stellenbezeichnungen ergänzt: Der Sales Manager verkauft Kleidung, ein Facility Manager verdingt sich als Hausmeister, der Environment Improvement Technician ist eine Reinigungskraft und der Technical Horticultural Maintenance Officer wird gemeinhin auch als Gärtner bezeichnet. So wird jeder zweite Mitarbeiter zum Manager, wenn nicht sogar zum Director, Head, Officer, Chief oder General. Es herrscht der Markt, dachte Liesa. Ein Heer von Managern bedient cyberphysische Mensch-Maschinen-Einheiten. Schöne neue Welt der Industrie 4.0. Liesa besah sich den Förderturm. Die Seilscheiben, also die Räder, die die Seile in die Tiefe und wieder hoch bewegten, drehten sich. Hier würde bald alles stillstehen. Sie hätte heulen können bei dem Gedanken.

»Sag mal, wenn die letzte Zeche schließt, wie wird das sein?«, fragte sie mehr sich selbst als ihren Begleiter.

»Wie soll das schon sein?«, fragte er zurück. »Zu Ende.«

»Ich meine, wie läuft das ab? Was passiert da genau?

Es macht schließlich nicht einer am 31. Dezember pünktlich um Mitternacht die Tür zu und wirft den Schlüssel weg. Es gibt doch noch einen feierlichen Akt, eine Verabschiedung.«

»Du meinst eine Beerdigung?«

»So was in der Art.«

»Es ist gut so, dass bald Schluss ist. Das war schon lange überfällig. Man soll die Toten ruhen lassen, oder?«

Er meinte es ironisch, aber Liesa war das Thema wichtig.

»Es müsste nicht Schluss sein. Man könnte das eine oder andere Bergwerk weiterführen, anstatt alles aufzugeben.«

»Der Bergbau ist doch schon lange tot.« Timo zeigte auf den Förderturm. »Vor uns steht ein Zombie. Seit Jahrzehnten subventioniert und allein nicht lebensfähig. Er hat sich längst selbst überholt.«

Leider, dachte Liesa.

»Man hat schon so viel da reingepulvert, es ist einfach unrentabel. In Australien und China gibt es billigere Kohle.«

Unrentabel, dachte Liesa. Muss man dann weg, wenn man unrentabel geworden ist? Ist es bei den Menschen auch so? Wir sterben, weil wir aus Sicht der Natur unrentabel geworden sind. Man muss wieder zu Biomasse werden, zu Asche, zu Staub. Nahrung für das Leben in der Welt. Sie seufzte tief. Ein ewiger Kreislauf.

»Ein Scheißspiel«, hatte ihr eine Krankenschwester zugeraunt, als sie ihre Mutter in diesem vorletzten Zustand sah. Sie hatte es erst nicht verstanden, aber genickt. Ja, es war ein Scheißspiel. Das zu akzeptieren war womöglich die eigentliche Aufgabe, die es im Leben zu bewältigen galt.

»Mich macht das traurig«, gestand Liesa.

»Man sollte nicht um die alten Jobs mit dem Dreck trauern und hinter ihnen her weinen. Es ist gut so, dass die Männer nicht mehr mit 40 Jahren an der Staublunge krepieren.«

»Das passiert ja auch schon lange nicht mehr«, bemerkte Liesa. »Die Arbeit ist viel sicherer und weniger gesundheitsgefährdend geworden.«

»Zugegeben. Ich bin jedenfalls froh, dass mein Vater nicht an einem Sauerstoffgerät hängt, weil seine Lunge vom Steinstaub zerfressen ist.«

»Verständlich.«

»Früher hat man auf Bodenniveau Kohle gefunden«, erklärte Timo. »Die Flöze reichen aber immer tiefer, je weiter man nach Norden geht. Hier sind es bis zu 1.500 und unter der Nordsee schon 4.000 Meter unter der Erde. Das Fördern wird also immer aufwendiger. Allein die Hitze. Ungefähr alle 30 Meter steigt die Gebirgstemperatur um ein Grad Celsius an. In 1.000 Meter Tiefe haben wir schon 40 Grad. Der Gebirgsdruck steigt dann auch dermaßen an, dass ihm nur schwer gegenzuhalten ist.«

»Woher weißt du das eigentlich alles?«, fragte Liesa.

Timo guckte sie lange an. »Bergmannssohn, weißt du doch. Außerdem bin ich ja auch auf Kohle geboren.« Er lachte auf.

»Da muss man so was wissen, oder?«

Liesa wurde aus Timo nicht schlau. Herr Industrie 4.0 interessierte sich offenbar für die Historie und die potenzielle Zukunft des Bergbaus. Sie konnte sich vorstellen, dass Timo zumindest gern die Wahl gehabt hätte, ob er wie sein Vater und Großvater Bergmann werden wollte. Vermutlich hatte er sich einfach damit arrangiert.

»Man wird sich freuen, dass die Erde nicht mehr rumpelt und Bergschäden verursacht, besonders hier«, fuhr Timo fort.

Die Erdbeben würden nicht aufhören, wenn der Kohleabbau endete, wusste Liesa. Dafür arbeitete der Berg noch lange nach, hatte all die Strecken zusammenzudrücken, die man in der Vergangenheit aufgegeben hatte und in naher Zukunft aufgeben würde. Über 200 Jahre lang wurde Bergbau betrieben, das würde lange nachhallen. Ein bisschen machte es Liesa stolz, dass nicht alles mit einem Mal vergessen sein konnte. Was ihr mehr Sorgen bereitete, war die Frage, was in einigen Jahren sein würde. Ist unsere Kultur dann nur noch Folklore?, fragte sie sich. Werden dann für Touristen Kostüme angezogen und das gemimt, was man für den Ruhrpott hält? In ein oder zwei Generationen wird man sich nicht mehr erinnern können.

»Glaubst du wirklich, die Welt geht unter, wenn die letzte Zeche schließt?«

Liesa schaute ihn verdutzt an. »Habe ich wieder laut gedacht?«

Er schmunzelte und hob eine Schulter. »Nur halblaut.«

»Ich fürchte, dass die, die es nicht besser wissen und sowieso alles schlechtreden«, erklärte Liesa, »auch den Bergbau und seine Tradition und alles, was daran hängt, schlecht- und kleinreden.«

»Ich werde nie vergessen, wer ich bin und woher ich komme.«

Liesa war sprachlos. Das hatte er auf den Punkt gebracht. Dieser Mann war eine glatte Zehn von zehn Punkten, von außen wie von innen.

*

Diese verdammten Schnüffler. Er bereitete alles vor. Diesmal wollte er auch wirklich alles richtig machen, damit nicht wieder nach 23 Jahren jemand auftauchen würde, um ihm in die Suppe zu spucken. Erst der Kirchhellener Jungspund, jetzt diese beiden Idioten. Er hatte es so satt. Jetzt nahm er es in die Hand, ging die Dinge direkt an. Nicht lange fackeln, das war er so gewohnt. Denn eines war klar: Heute haben die Männer alle einen Chip am Arsch, damit sie nicht vom Band fallen oder wegkommen.

21

Sie mussten mehr erfahren, dessen war sich Liesa bewusst. Das Dokument mit den Unfallstatistiken war interessant, keine Frage. Aber vielleicht führte es auch in eine Sackgasse. Es stammte ausgerechnet von dem Vater des Opfers. Welchen Grund hatte er, es zuerst aufwendig zusammenzustellen und dann zu Hause aufzubewahren, sodass seine Schwiegertochter viele Jahre später nur einen Griff tun musste, um es ihnen zu präsentieren? Es wäre nicht schlau, eingleisig zu fahren. Außerdem ließ das Ergebnis der Markennummer-Erkennung auf sich warten.

»Was wissen wir eigentlich über die Schulte-Grafenkamps? Was ist mit den Kindern? Die sind doch jetzt erwachsen. Verspürt vielleicht einer von denen jetzt auch den Drang, die Geschichte aufzurollen?«, fragte Liesa ihren Begleiter.

Der antwortete mit einem zustimmenden Brummen und machte sich ans Recherchieren. Er fand zunächst online eine Traueranzeige in der Allgemeinen Ruhr-

Post. Somit wurde ersichtlich, wann Schulte-Grafenkamp senior gestorben war.

»Es nahmen Abschied seine liebe Frau und Sabine mit den Kindern«, fasste Timo zusammen. »Bingo, hier stehen ihre Namen. Ein Mädchen, ein Knabe. Wie man es sich wünscht.«

»Die müssten in unserem Alter sein.«

»Na, eher in deinem. Vor 1995 geboren.«

»Charmeur.« Liesa sah ihn streng an und hob eine Augenbraue.

»Was denn?«

»Was machen die beiden eigentlich so?«

Timo recherchierte schweigend weiter. Währenddessen schaute sich Liesa im Auto um. Sie wäre lieber wieder selbst und mit ihrem eigenen Auto gefahren. Diese verdammten Panikattacken. Der Teufelskreis, dachte sie. Langsam schließt er sich. Wenn ich Angst vor der Angst bekomme, ist es zu spät. Game over. Dann kann ich mein bisheriges Leben vergessen. Psychotherapie wird dann unumgänglich, vielleicht muss sogar ein Klinikaufenthalt sein. Die Prognose ist nicht so rosig. Das ist kein Pappenstiel. Prima analysiert, Frau Möchtegern-Dipl.-Psych. Jetzt sehen Sie mal zu, dass Sie etwas dagegen unternehmen. Sonst ist für Sie ebenfalls Schicht im Schacht, genauso wie für die Bergleute in Bottrop. Toller Vergleich. Ich kann ja in die Anpassung gehen mit Mitte zwanzig.

Das ist nicht lustig, meinte ihre innere Zwiegesprächspartnerin.

Nein, lustig ist es nicht. Aber über den Begriff Anpassung muss ich noch einmal nachdenken. Nicht ausgeschlossen, dass ich mich anpassen muss.

Anpassen? Bei dir piepts wohl. Das ist doch das Letzte, was du willst. Bekämpfe die Scheißangst. Hau sie weg.

Okay, bei mir piepts, ich habe einen Vogel.

Vogel, ja?

In Liesa wollte der Begriff etwas auslösen. Sie hatte wieder keine konkrete Idee, um was es sich handelte. Aber es war wichtig, das war ihr bewusst. Überlebenswichtig.

»Das gibt's doch nicht.« Timo unterbrach Liesas Gedankengänge und schüttelte den Kopf, ohne von dem Bildschirm aufzusehen. »Was manche Leute so alles über sich verbreiten.«

Liesa wurde neugierig. Laut sozialem Netzwerk verbrachte die junge Frau, Sabines Tochter, einen Auslandsaufenthalt in Südamerika, posierte mit Kussmund und Sommerkleidchen vor dem Badezimmerspiegel. Man hätte zusätzlich nachlesen können, in welchen Lokalitäten sie abhing, wo sie vorher gejobbt hatte, welche TV-Serien sie bevorzugte, mit wem und wann sie Kontakte pflegte und dass sie Single und offen für was auch immer war.

»Hübsch«, kommentierte Timo und warf einen Blick auf Liesa, die mit den Augen rollte. Er grinste kurz und tat dann wieder beschäftigt.

»Und der Knabe?«, wollte Liesa wissen.

Timo klickte sich weiter durch die Ergebnisseiten. »Der ist Mechatroniker bei unserem schicken Autotuner im Ort.«

»Glückwunsch. Es wäre ihm also ein Leichtes, eine Zeitschaltuhr an Willis Propangasflasche anzubringen. Fährt er zufällig einen dunklen Geländewagen?«

»Mal sehen.« Laut sozialem Netzwerk besaß er etwas Tiefergelegtes, Sportliches in Gelb. Zumindest setzte er sich mit so einem Gerät in Szene.

»Wir sollten das überprüfen«, meinte Liesa.

»Wie denn?«

»Nachgucken, Timo. Das gute alte Nachgucken. Der wird doch wohl irgendwo wohnen.«

Timo fand jedoch keine Festnetznummer, deshalb war die Adresse nicht einfach per Telefonbuch zu erfahren.

»Hier ist seine Handynummer. Er ist so freundlich, etwas auf einem Onlineportal zu verkaufen und seine Nummer anzugeben. Felgen, einen Satz Sommerreifen. Die sehen noch gut aus.«

»Ruf ihn bloß nicht an, Timo!«

»Ich bin doch nicht verrückt.«

Nein, dachte Liesa. Aber einer von den Goretzka-Boys. Mit der Handynummer weiter recherchiert ergab es einen Treffer: das Impressum eines Judovereins samt Kontaktadresse des jungen Mannes.

»Der kann Judo«, bemerkte Timo, als er sich die Adresse abspeicherte. »Na toll.«

»Wie hieß das noch gleich? Der sanfte Weg?«, meinte Liesa sich zu erinnern. Timo stimmte zu. »Sieg durch Nachgeben«, ergänzte er. »Ich hab das früher 'ne Weile gemacht. Maximale Wirkung bei einem Minimum an Aufwand.«

Das könnte meine Maxime sein, dachte Liesa. Okay, bei mir ist es, seien wir mal ehrlich, eher Bequemlichkeit statt eine Philosophie. »Dann wollen wir mal einen minimalen Aufwand betreiben und herausfinden, wo er wohnt und was er so macht. Und ob er einen dunklen Geländewagen fährt und morgens Gartenlauben in die Luft sprengt.« Vielleicht hatte sie der Wagen gar nicht verfolgt, das war jedenfalls nicht sicher. Aber der Anschlag war Gewissheit. Glasklar. Und wenn er Judo kann, müssen wir uns auf was gefasst machen, dachte Liesa. Der sanfte Weg. Der sanfte Weg in die Fresse, ins Krankenhaus, in die ewigen Jagdgründe.

»In Bottrop-Boy wohnt unser Knabe,« sagte Timo.

»Wie passend.« Liesa sah auf die Uhr. »Inzwischen wird er wohl Feierabend machen. Er sollte also zu Hause oder auf dem Weg dahin sein. Dann nichts wie los.«

Timo stellte den Wagen vor dem Haus ab, in dem der jüngste Schulte-Grafenkamp-Spross wohnte, direkt neben einem kanariengelben Sportwagen.

»Was ist, wenn er uns sieht?«, fragte Liesa skeptisch.

»Darauf lassen wir es mal ankommen.«

War Timo auf eine Konfrontation aus? Judo, dachte Liesa. Ach du heiliger Bimbam. Jetzt will er es persönlich klären, Mann gegen Mann. »Hast du einen Gürtel?«

Timo guckte verständnislos an sich herunter. »Wofür?«

»Ich meine im Judo.«

Timo grinste. »Klar.«

Sie schaute ihn aufmunternd an. Würde er sich eventuell weiter dazu äußern? Schließlich mussten seine Chancen ausgelotet werden.

»Einen weißen Gürtel.«

»Ist das gut?«, wollte Liesa wissen. Sie hatte sich schon etwas an ihn gewöhnt und wollte nicht gern zusehen, wie er seinen letzten sanften Weg beschritt.

Timo machte eine schnelle Bewegung, sodass Liesa erschrak. »Da ist er.« Er zeigte auf einen jungen Mann mit Kappe und Jogginghosen, der das Haus verließ.

Liesa erkannte ihn. Er kam direkt auf sie zu. Sie griff Timos Ärmel, um ihn am Aussteigen zu hindern. Er sollte keine Dummheiten machen, ihm durfte nichts passieren. Doch Timo machte gar keine Anstalten, das Auto zu verlassen. Er schaute auf Liesa, die den jungen Schulte-Grafenkamp genauer musterte.

Sie war überrascht. Der sportliche Judo-Sonnyboy, den sie auf den Onlinefotos gesehen hatte, machte in Wirklichkeit einen schmächtigen und äußerst harmlosen Eindruck. Besonders hinderlich wirkte der spektakuläre Gips am rechten Arm zuzüglich einer sperrigen Haltekonstruktion. Das Ding erinnerte an die Golden Gate Bridge. Es war ein Ungetüm von einem Gips. Der Träger dieses Ungetüms kam direkt auf sie zu.

Jetzt geht's los, dachte Liesa und griff Timo fester. Sie war auf alles gefasst. Doch der Gipsmann ging an ihnen vorüber, öffnete den Kofferraum des Sportwagens, schloss ihn wieder und kehrte mit einem Sixpack Bier in der gesunden Hand zum Haus zurück. Happy Krankenschein, dachte Liesa.

»Mit so einem Teil machste nichts«, wusste Timo. »Weder Verfolgungsfahrten noch Sprengbasteleien.«

Liesa stimmte uneingeschränkt zu. Wie hieß es im Krimi immer: Das ist unser Mann, dachte sie. Und das war er hier definitiv nicht.

»Bin ich froh, dass ihr nicht gekämpft habt.«

Als Timo auf seinen eigenen Arm herunterschaute, bemerkte Liesa, dass sie ihn immer noch am Ärmel festhielt und ließ abrupt los.

»Mach ruhig weiter«, zog er sie auf. »Beim Judo krallt man sich auch in den Ärmel, dann folgt der Wurf auf die Matte.« Er grinste.

Hättest du wohl gerne, dachte Liesa. »Und wie gut bist du jetzt im Judo? Meister oder sowas?«

»Talentiert«, meinte Timo.

Liesa guckte fragend.

»Ich sah gut aus in dem Anzug, hatte einige Kämpfe und insgesamt viel Spaß. So viel, dass sie meine Mutter angerufen haben.«

Liesa starrte ihn an. Was hatte er verbrochen?

»Okay, ich bin aus dem Anfängerkurs geflogen. In der Grundschule.« Er lachte laut. »Maximale Wirkung bei einem Minimum an Aufwand.«

Liesa nickte langsam. Sie entschied sich für das Siegen durch Nachgeben. Das redete sie sich zumindest ein.

Da die Markennummer-Infoquelle verlauten ließ, dass es noch dauerte, verabredeten sich Timo und Liesa für den nächsten Vormittag bei Oma Kwatkowiak.

Auf der Rückfahrt folgte ihnen ein dunkles Fahrzeug. Es überholte erst, als sie am Ostring angekommen waren und bog dann rechts in die Haardtstraße ein. Die Person am Steuer summte vor sich hin und wiederholte immer dieselben Worte: *Weil mancher wird erschlagen, gar tot in der Grube bleibt.* Dafür sollt ihr büßen.

*

Der junge Bergmann geht voran in den Streb. Herzliebste mein, *sagt er und dreht sich dabei um. Sein zerschmetterter, halb verwester Kopf starrt mit einem verbliebenen Auge. Lass die Toten ruhen, sagt er undeutlich, und aus seinem Mund quellen Maden hervor. Sonst kommen sie dich holen. Das hat der Steiger gesagt. Er lacht und hustet dabei Schleim und Maden aus. Glück auf, der Steiger kommt.* Schätzelein, da drunten im tiefen, finsteren Schacht bei der Nacht, da denk ich dein.

22

»Die vierstellige Markennummer«, Timo legte das Dokument, das sie von Sabine Schulte-Grafenkamp erhalten hatten, auf den Tisch und wartete augenscheinlich auf einen Trommelwirbel, »ist die von Herrn Matthias Schleheck.«

»Sach bloß«, kommentierte Oma trocken und stellte eine offene Keksdose auf die Wachstischdecke.

Timo erklärte, dass es zu einer auffallend hohen Unfallquote gekommen sei, wenn Schleheck die Aufsicht führte. »Eine statistisch bedeutsame Abweichung und –«

Willi unterbrach ihn. »Dieser Drecksack. So ein Schmierlappen!«, schimpfte er. »Dann stimmt das doch, was die Kumpel sich über den erzählt haben. Der hat uns verkackeiert, hat der uns!«

Oma beruhigte ihn. »Wie kommt man so einem bei?«, fragte sie.

»Jetzt müssen wir ihn reinlegen. Herausfordern. Zur Rede stellen«, schlug Liesa vor. Sie dachte an die Abschiedsveranstaltung auf Prosper-Haniel. Schleheck rechnete vermutlich nicht damit, dass sie und Timo dort hinkommen würden, nachdem das »Missverständnis« Pressetermin aufgeflogen war. Es würde schwierig bis unmöglich werden, an den Sicherheitsleuten vorbeizukommen. Schließlich würde der Bundespräsident auch da sein. Das mussten sie aber schaffen, um ihr Ding durchzuziehen. Liesa warf einen Blick in die Zeitung. Sie überflog die genauen Zeit- und Ortsangaben, die im Artikel des Stadt-Anzeigers genannt wurden. Die Details zum Abschied, dachte sie.

»Wird er wirklich da sein?«

»Davon ist auszugehen«, antwortete Willi. »Er ist doch der große Zampano auf Prosper-Haniel.«

Der Steiger würde nach dem Abgesang aus der Öffentlichkeit und aus der Stadt verschwinden. Dass er abtauchen wollte, war nachzulesen. In Zukunft würde er mehr Zeit mit seiner Frau verbringen, hieß es in der Zeitung: »Ich bin bis zum Ende der Kohleförderung dabei, dann geht es an die See. Wir haben da ein kleines Boot.« Nach dem Zechen-Aus war der Steiger nicht mehr greifbar. Gleichzeitig würde er eine Gefahr bleiben.

»Den müssen wir vorher aus dem Verkehr ziehen!«, entrüstete sich Oma.

Damit hatte sie verdammt recht. Sie mussten ihm eine Falle stellen. Jetzt hatten sie wenigstens einen handfesten Beweis dafür, dass er unredlich war. Vielleicht gab er sogar zu, dass er Ansgar getötet hatte oder er verplapperte sich, bedrohte sie persönlich. Sie konnten ihn nicht einfach davonkommen lassen. Mit diesem Pfund mussten sie wuchern. Es war nicht viel, aber es war ihre einzige Waffe und sie mussten sie gegen ihn einsetzen. Sie hatten nur diese eine Chance.

Man beriet, wie das zu bewerkstelligen wäre und entwickelte erstaunliche Teamfähigkeiten. Willkommen in der Kommandozentrale Kwatkowiak, dachte Liesa. Hier werden Helden geboren und unendliche Welten erschaffen. Und das alles an Omas Küchentisch mit Wachstuchdecke.

»Wie bist du eigentlich an die Information gekommen?«, fragte Liesa an Timo gewandt und griff nach einem Zimtplätzchen.

»Ich kenne jemanden, der jemanden kennt, der auch jemanden kennt, den aber keiner kennen darf«, erklärte Timo.

Legal ist das also nicht, überlegte Liesa kauend. Das läppert sich. Vorspiegeln falscher Tatsachen, Einbruch, Cyberkriminalität. Na super. Willis Nichte macht ihrer kriminellen Bagage alle Ehre und steht der zweifelhaften Karriere ihres Onkels schon bald in nichts nach.

»Und wo ist Andy gerade?«, wollte sie wissen. »Kümmert sich wer um ihn?«

»Der ist noch auf der Quad-Tour«, erklärte Timo. »Die ehemaligen Kollegen lassen ihn nicht aus den Augen.«

Willi hatte da nicht mitgewollt. Er müsste einen Termin mit dem Versicherungsmenschen und dem Vorstand wegen der Laube wahrnehmen. »Der Vorstand der Versicherung kommt zu deiner abgebrannten Laube?« Der Chief, Head oder General?

»Nee, der Vorsitzende vom Kleingartenverein«, antwortete Willi. »Der hat jede Menge Fragen.«

»Die haben wir auch«, stellte Liesa fest. Fraglos.

Sie unterhielten sich weiter. Die Planung gedieh. Willi und Timo wollten sich später mit einigen Bergleuten kurzschließen. Der Rest des Tages würde für weitere Absprachen und Vorbereitungen zu nutzen sein.

Als die beiden gegangen waren, bemerkte Oma beim Wegwischen der Krümel: »Der Timo ist doch ein Netter, ne?«

Anstelle einer Antwort brummelte Liesa etwas vor sich hin.

»Und er ist alleinstehend. Datt hat mir die Martina erzählt.«

Ach, daher weht der Wind, dachte Liesa und tat unbeteiligt. Alleinstehend, was für ein Ausdruck. Ähnlich altmodisch wie der Begriff ledig. Netter Junge. Typisch Omasprech. Aber Oma Kwatkowiak war nicht zu bremsen.

»Der hat sich doch schon damals in dich verguckt.«

Liesa war plötzlich ganz Ohr.

»Ach komm, Schätzeken, datt wirst du doch wohl gemerkt haben. Wie oft ist er hinter dir und der Julia her?«

Er war acht. Höchstens neun. Vielleicht auch älter. Sicher war er ihr damals ständig auf den Fersen, um sie zu nerven. Um ihre Aufmerksamkeit zu erlangen. Oma schaute wissend, hob eine Augenbraue und ließ Liesa die Zeit, die sie brauchte, um zu verstehen. Es dauerte lange. Dann fuhr der Gedanke blitzartig in sie.

»Oh«, brachte sie hervor. Es dauerte noch an. »Bin ich jetzt rot geworden?«

Oma zwinkerte Liesa zu. »Wie ein Liebesapfel auf der Kirmes.«

Das war ziemlich rot. Roter ging es nicht. Respekt, lobte Liesa sich. Sie war nicht nur ein Naturtalent in Sachen Fälle lösen, sondern ebenfalls ein Schnellmerker in Liebesdingen.

Liesa blickte erneut auf das in dem Zeitungsartikel genannte Datum. »Freitag, der 21. Dezember«, murmelte sie. »Morgen ist der große Tag.«

»Morgen ist Winteranfang«, wusste Oma. »Ab da werden die Tage wieder länger.«

*

Er legte die schwarze Hose und seinen Bergkittel heraus. Die Jacke aus schwerem Wollstoff war schwarz wie die Dunkelheit im Stollen. Die Stickerei am Samtkragen, Sägeblattwinkel, die Anordnung und Anzahl von Eichenlaub und Eicheln entsprachen dem Status eines Obersteigers. Unter dem Kragen eine Lage Stoff, der breite Schulterkragen. Samtband, Kordelband und Fransen an den Ärmeln. Ein kleines, schwarzes Samtherz mit einem Kreuz aus Schlägel und Eisen war dort angebracht. Er hatte es immer ernst genommen, sein Herz hing am Bergbau. Der Pütt war sein Zuhause, seine Familie. Der Steiger seufzte tief, nahm die Jacke und zog sie über. Mit Genugtuung nahm er zur Kenntnis, dass sie immer noch passte. Er sah an sich herab. Fünf Goldknöpfe an jedem Ärmel, je fünf in Brusthöhe und sechs zum Zuknöpfen. Sie standen für das Sonnenlicht. Er schmunzelte. Und für unsere Barbara. Es waren insgesamt 29 Knöpfe, denn die heilige Barbara soll mit 29 Jahren von ihrem Vater geköpft worden sein, weil sie zum christlichen Glauben übergetreten war. Dass von der mittleren Knopfleiste die obersten drei Knöpfe nicht geschlossen wurden, war ein Hinweis auf die Heilige Dreifaltigkeit. Er nahm es damit nicht so genau. Neun Zacken hatte der Schulterkragen, so viele Jahre war die heilige Barbara in ihrem Turm gefangen. Für ihn begann eine unbestimmte Zukunft. Gefangen, befreit? In die Ungewissheit entlassen?

In seinem Leben hatte er zweimal die Liebe gefunden. Seit 27 Jahren war er mit seiner Frau verheiratet. Als er mit 16 Jahren auf den Pütt kam, in sein erstes Bergwerk einfuhr, da wusste er, dass er im Leben nichts anderes machen wollte. Das war vor 47 Jahren. An diesem Dezembertag würde es enden. Er hatte im Laufe der letzten Jahre Hunderte Kumpel verabschieden müssen. Jeder Abschied nahm ihm etwas. In der Waschkaue baumelten jede Woche mehr leere Körbe von der Decke. Der Zechentod stand kurz bevor.

Der Tschako, ein Schachthut mit Federbusch, war

unbequem und wurde nur getragen, wenn es unbedingt sein musste. Das halbrunde Arschleder schnallte er sich zum Schluss um, nahm die weißen Handschuhe und den Häckel. Der langstielige Steigerstock lag gut in der Hand. Jeden Knopf, das Abzeichen am Ärmel und den Schachthut zierten Schlägel und Eisen. Manchmal wollte er sich das Werkzeug nehmen und losschlagen. Aber er wusste nicht, auf wen oder was er einschlagen sollte. Jedenfalls würde er sich nicht am Ende noch kaputtmachen lassen. Ich werde das mit denen klären, dachte er. Wenn die beiden Idioten da sind, löse ich das Problem direkt vor Ort. Endgültig.

*

Man sollte nicht unbewaffnet aus dem Haus gehen. Nicht an so einem Tag. Es ist etwas zu bereinigen, ein für alle Mal. Weil mancher wird erschlagen, gar tot in der Grube bleibt. *Dafür werdet ihr büßen. Im Stiefelschaft wird niemand nachsehen.*

23

Der 21. Dezember 2018 war ein wolkenverhangener Tag und die Sonne würde bereits am Nachmittag untergehen. Liesa ließ sich von ihrem Onkel zum Bergwerk im Bottroper Nordwesten kutschieren, wo die letzte und hochoffizielle Veranstaltung zum Ende des deutschen Steinkohlenbergbaus stattfinden würde. Irgendetwas müffelte in Willis Auto. Liesa konnte den Geruch nicht zuordnen, vermutete aber Tod und Verwesung. Vielleicht waren es auch Willis alte Socken. Sie öffnete das Beifahrerfenster einen Spalt breit und sog die frische Luft ein.

Mief hin oder her, dachte sie. Hier stinkt etwas anderes und zwar ganz gewaltig.

Sie trommelte mit den Fingern auf ihrem Bein herum. Ihre Nervosität stieg mit jedem gefahrenen Meter. Sie schluckte mehrfach trocken und rieb sich die Augen, um endlich das klar zu sehen, was vermutlich offensichtlich war. So einfach konnte das nicht sein, dachte sie. Worüber bin ich gestolpert? Was habe ich bisher nicht kapiert? Als sie am Jahnstadion vorbeifuhren, traf sie die Erkenntnis wie ein Schlag mit dem Hammer.

»Hier ist doch die Jahnstraße ganz in der Nähe?«, fragte sie Willi.

»Klar.«

»Dann mach doch bitte mal einen Abstecher dahin.«

Willi wendete, ohne zu zögern, bog einmal links ab und schließlich rechts in die genannte Straße. Dort standen höchstens zehn Häuser auf jeder Seite, überschaubar war es hier. Liesa sah sich um, während Willi langsam an den Häuserreihen entlangfuhr.

»Da ist er«, sagte Liesa. Vor der Hausnummer 2 stand der dunkle Geländewagen, der sie und Timo verfolgt hatte. An der Hausfassade prangte ein Praxisschild: »Dipl.-Psych. Carina Vogel«.

Ich war so blind, ärgerte sich Liesa. Aber so machte alles einen Sinn.

»Watt is nu?«, fragte Willi. »Jetzt zum Pütt? Wird langsam spät.«

Liesa lächelte ihn breit an. »Ja, jetzt zum Pütt. Und auf dem Weg dahin haben wir noch was zu besprechen. Es gibt da eine kleine Planänderung.«

Auf Prosper-Haniel fanden sich der Bundespräsident und weitere hochrangige Politiker, Bergbaubosse, Funktionäre und die Presse ein – man würde unter sich bleiben. Das gemeine Volk hatte schon im November an der eigens initiierten Danke-Kumpel-

Veranstaltung teilgenommen. Liesa hatte eines der Tickets ergattern können und beim Steigerlied laut mitgesungen.

Heute wird ein anderer Ton angeschlagen, dachte sie. Bevor der Deckel draufgemacht wird, kriege ich dich.

Die Polizeisperre an der großen Kreuzung vor dem Bergwerksgelände könnte ein Problem werden, überlegte Liesa. Sie hatte sich darüber informiert, wann und an welchen Stellen die Polizei das Areal abriegeln würde. Den Bottropern sei Dank, die ihre Informationen flott und manchmal sogar präzise im sozialen Netzwerk zusammentrugen. Grund für den Informationsaustausch war, dass ein Grüppchen sich trotz der Absperrungen treffen wollte, um mit Grubenlampen und Kerzen zusammenzustehen, das Steigerlied zu singen und persönlich Abschied zu nehmen. Und wo ein Wille war, war auch ein Weg, jedenfalls für findige Einheimische. Liesa wusste, dass man auf die Halde Haniel ziehen würde, die hinter dem Bergwerk weit über hundert Meter hoch aufragte. Es gab hinter der Halde im bewaldeten Bereich einen Zugang, der nicht abgesperrt war. Sie überlegte einen Augenblick, ob sie sich noch anschließen sollten, um von hinten an das Gelände heranzukommen. Das hätte allerdings für Liesa und ihren Onkel einen großen Umweg durch das Gestrüpp in nahender Dunkelheit bedeutet und vermutlich würden sie es nicht rechtzeitig zum Festakt schaffen. Es blieb also bei ihrem Plan. Mit dem

Auto ging es geradewegs ins Getümmel, in das Zentrum der Macht, in den großen Pudding.

Auf zwei Seiten der Kreuzung standen Uniformierte mit halbautomatischen Waffen.

Da müssen wir durch, dachte Liesa. Wir haben keine andere Wahl.

Vor ihnen hielt ein Taxi an. Es wurde ausgiebig inspiziert und dann endlich durchgewunken. Jetzt waren sie an der Reihe.

»Pass ma auf«, raunte er Liesa zu. »Jetz' kannze watt lernen von deinem Onkel Willi.« Er nickte anerkennend und meinte offensichtlich sich selbst dabei.

Liesa war mehr als gespannt.

Willi fuhr rechts ran, ließ das Seitenfenster herunter und tat unbescholten wie immer.

Noch bevor der Polizist seine Wünsche äußern konnte, legte Willi laut los: »Watt meinze …« Er beugte sich über Liesa, um an ihr vorbei mit dem Polizisten zu reden. »… watt meine Mechthild wohl sacht, wenn ich nich bei der ankomm inner Siedlung? Die kricht die Pimpernellen«, behauptete Willi. »Den Fisch hab ich jetz' dabei, von den Schmichel-Fisch, den ausse Stadt, weiße? Is doch Freitag heute, da gibbet bei uns immer Fisch. Hömma, der vergammelt mich doch hier drin! Und ich …« Er holte verbal noch einmal richtig aus. »Und ich krichse dann wieder!«

Liesa zog die traurig-ängstliche Miene eines leidgeprüften Familienmitglieds, das die Rache der berüchtigten Pimpernellen-Mechthild ob eines verdorbenen Fisches fürchtete. Der Polizist mittleren Alters dachte kurz nach, zog schließlich die Nase kraus, nickte verständnisvoll und winkte die beiden durch. Die Behauptung, Anwohner zu sein und in die Wohnsiedlung am Birkhahnweg zu wollen, erlaubte ihnen nun freie Durchfahrt bis zum Bergwerksgelände. Willi wusste, wie die Polizei tickte, und seine Nichte kannte die Fakten. Ein wahres Dreamteam. Willis Automief tat sein Übriges, um die Geschichte authentisch wirken zu lassen. Liesa schnaufte durch. Die erste Hürde war geschafft.

»Mechthild?« Liesa grinste. Ob er eine heimliche Liebschaft hatte? Sie schüttelte innerlich so energisch den Kopf, dass ihre Haare flatterten. Also in ihrer Vorstellung.

»Hab ich mir ausgeliehen«, erklärte Willi stolz. »Is die Frau von 'nen Kollege.«

Liesa prustete los. Hatte er sich ausgeliehen, die Mechthild. Das war ja mächtig stark. Aber jetzt weiter auf der Leiter. Sie waren noch nicht am Ziel.

Sie überquerten die A2 und folgten der Straße, die dort durch einen Wald führte. Erhaben ragte der Doppelbock vor ihnen auf, als sie auf das Bergwerksgelände und dessen breite Schrankenanlage zufuhren. Der Förderturm sah aus wie zwei große abgeflachte R, die Rücken an Rücken standen. Vier Seilscheiben trug er und weithin sichtbar seinen Namen: Prosper-Haniel. Breitbeinig stand er da in seinem typischen Grün. Bei näherem Hinsehen fielen Rostschlieren auf. Auch diese trug der Turm mit Würde. Ein schlichter Backsteinbau, der auf kleineren, ebenfalls grünen Stahlbeinen stand, war dem Fördergerüst vorangestellt. Eisen und Schlägel, die Werkzeuge, die traditionell für den Bergbau standen, zierten die glatte Front aus Ziegeln. Daneben war eine stilisierte Frauenfigur angebracht, einen Turm tragend – die heilige Barbara. Sie wachte über die Bergleute und darüber, dass sie unversehrt wieder aus dem Berg kamen.

Bring auch mich heil wieder raus, bat Liesa im Stillen.

Männer in orangeroter Arbeitskleidung und mit Helmen in der gleichen Farbe standen, schon von weitem erkennbar, auf der Straße und versperrten den Weg. Die Grubenwehr sicherte also das Gelände des Bergwerks. Ab hier galt das Bergrecht.

Willi hielt an und stellte den Motor ab. Er stieg aus und steuerte auf zwei Männer der Grubenwehr zu, die ihn skeptisch anschauten. Liesa hielt die Luft an. Geplant war, dass er seinen alten Betriebsausweis dem Schrankenwart vorzeigte. Aber würden sie so auch damit durchkommen? Würde man den akzeptieren? Willi war schließlich schon längst ausgeschieden und man wusste ja nicht, an wen man hier geriet. Er sprach mit den zwei Grubenwehrmännern, die noch einen weiteren dazuwinkten. Die Unterhaltung wurde lauter. Unauffällig lugte Liesa zu einer Gruppe schwerbewaffneter Polizisten hinüber, die sich etwas abseits aufhielten. Der eine stieß den anderen an und sie blickten in ihre Richtung. Sie waren auf Liesa und Willi aufmerksam geworden. Das Herz klopfte ihr bis zum Hals.

Okay, seufzte Liesa innerlich. Bring mich erst mal heil rein, liebe Barbara. Über das Rauskommen können wir ja dann später noch verhandeln.

»Ey!«, rief einer der Orangeroten und boxte Willi in den Rücken. Liesas Herz setzte einmal kurz aus. Jetzt schlägt der Alarm, dachte sie. Der hetzt die anderen und die ganzen Halbautomatischen auf uns. Die gucken schon rüber zu ihm und werden uns festsetzen. Weil wir Terroristen sind und sie den Bundespräsidenten schützen müssen. Liesa sah sich schon in Guantanamo, als der Orangerote hinzufügte: »Und grüß mal den dicken Bernie von mir, den alten Knallkopp!«

Ihr Onkel antwortete mit einem »Jau, mach ich!« und schwang sich erstaunlich leichtfüßig ins Fahrzeug.

»Läuft«, kommentierte er gewohnt auf den Punkt gebracht. Er ließ den Motor an, fuhr auf die Schranke zu, die sich in diesem Moment hob, und gelangte so auf das Bergwerksgelände.

Liesa nickte. Sie ließen ein weiteres Polizeigrüppchen hinter sich. Auf dem Zechengelände fuhr Willi zwei Schlenker und Liesa stieg aus. Er würde das Auto parken und sich anschließend mit Kollegen treffen.

Das war geschafft. Aber einiges lief nicht wie geplant. Timo hatte Liesa kurz vor der Abfahrt mitgeteilt, dass er noch zu tun habe, aber nachkommen und sich vor Ort mit ihr treffen wolle. Nun klingelte ihr Handy.

Zunächst war nur ein fluchender Timo zu hören. »Ich hab zwei platte Reifen«, ärgerte er sich. »Die plätten sich doch nicht von allein. Sieht so aus, als hätte da einer reingestochen.«

Das fehlte noch, dachte Liesa. Jetzt war ihm einer an den Kragen gegangen. Hoffentlich passierte ihm nichts. Er würde jemanden finden müssen, der ihn fahren konnte. Zur Not würde er ein Taxi rufen. Aber die halbe Welt schien sich heute auf Prosper-Haniel zu versammeln, jedenfalls die Hälfte, die man für wichtig genug hielt, und blockierte dafür sämtliche Taxis.

»Ich komme auf jeden Fall nach, Liesa. Aber geh schon mal rein. Die warten ja nicht auf uns mit der letzten Schicht.«

Timo hatte das Aufnahmegerät bei sich, das sie für die Durchführung ihres Plans dringend benötigten. Für ihr Vorhaben sah es also nicht gerade rosig aus. Um Punkt 16 Uhr war hier Schichtende, ein großes Hallo und der Steiger über alle Berge. Sie bestätigte und mahnte Timo, auf sich aufzupassen.

»Ich habe übrigens was im Zentralrechner der Zechengesellschaft gefunden«, erklärte er. »Deren Intranet ist fast ungeschützt.«

Wie war er denn da wieder reingekommen?

»Da ist was faul, Liesa. Die Zahlen und Daten stimmen nicht mit unserem Dokument überein.«

»Hat da jemand nachträglich was geändert?«

»Keine Ahnung, ich brauche noch etwas Zeit, um dahinterzukommen. Ich melde mich später bei dir, sobald ich mehr herausgefunden habe.«

Liesa war nun schon auf dem Zechengelände. Jetzt musste sie erst einmal allein klarkommen. Ausgerechnet Frau von und zu Schrecken. Sollten die Daten im Archiv manipuliert worden sein, war das Dokument nichts wert. Sie ahnte, wer das getan hatte und warum. Gefahr lag in der Luft. Sie hoffte inständig, durch die nächste Sicherheitsschleuse zu kommen, um noch rechtzeitig vor Ort zu sein.

24

Liesa nahm das imposante Backsteingebäude über sich nur kurz wahr, da sie sich zunächst in einem Durchlasszelt befand, in dem Taschen durchsucht und Unterlagen gesichtet wurden, die zur Anwesenheit berechtigten.

Mal sehen, dachte sie und fühlte das Kärtchen in ihrer Manteltasche, ob ich mit meinem kleinen Trick hier hineinkomme.

Die Frau an der Einlasskontrolle sah Liesa genervt an und forderte mit einer ungeduldigen Geste ihren Ausweis.

Nett, dachte Liesa. Willkommen in der Dienstleistungsgesellschaft.

Sie reichte der Dame ihren nicht mehr ganz aktuellen Presseausweis von der Schülerzeitung der achten Klasse. Liesa hatte ihn vor Jahren selbst laminiert und irgendwo an der Seite ein Loch für das Umhängeband eingestanzt. Auf dem Foto sah sie aus wie eine Zwölfjährige. Gab es ihre Schule überhaupt noch? Sie lächelte schief. Hätte sie wenigstens etwas zu schreiben mitgenommen, Block und Stift. Aber damit arbeiten die von der Presse bestimmt nicht mehr. Notebook oder Tablet. Sie schaute wichtig auf ihr Smartphone, als hätte sie soeben eine Verabredung mit dem EU-Präsidenten abzuchecken, der hier auch herumlief und sich wohl kurzfristig selbst eingeladen hatte.

Das nimmt mir keiner ab, ahnte Liesa. Und tatsächlich, die Frau am Durchlass schaute den Möchtegernausweis skeptisch von beiden Seiten an, hob ihre Brauen, verzog das Gesicht und reichte Liesa das Ding mit spitzen Fingern zurück. Gleich wird sie Feuer spucken, fürchtete Liesa.

»Haben Sie eine Akkreditierung? Heute nur angemeldete Presse.«

Das war's dann wohl. Hier ging aber auch alles schief. Wie sollte sie jetzt den Plan durchziehen? Als sie wieder nach dem Ausweis greifen und sich wegdrehen wollte, kam ihr jemand zuvor.

»Kann ich den mal sehen?«, fragte ein Schrank von einem Securitymann mit zurückgegelten, schwarzen Haaren. Er las, was auf dem Presseausweis stand, und lächelte leicht.

»Ist schon in Ordnung«, sagte er an die Drachendame gerichtet. Liesa durfte passieren. Als ihr der Anzugmann plötzlich ganz nah kam, dass sie schon dachte, der wollte sie jetzt doch noch rauswerfen oder sich an sie ranwanzen, flüsterte er ihr zu: »Ich bin übrigens Metin. Du kennst meinen Vater, den Yildirim Ekin.«

Liesa schaute überrascht. Ja, sie kannte inzwischen einige Ekins.

»Und mein Onkel ist mit Andreas Goretzka auf die Bergfachschule gegangen. Die sind wohl auch zusammen hier eingefahren.«

Schwer beeindruckt ob des weitreichenden Netzwerkes brachte Liesa ein »Ach so« hervor. Hatten die hier auf dem Pütt eigentlich eine eigene Geheimdienstabteilung? Metin nickte ihr zu und sie schloss sich dem Strom der Akkreditierten an.

Mit ihrem komplett schwarzen Outfit fiel sie unter den Anzug-, Kostüm- und Kittelträgern nicht auf. Ihr kam ein Liedtext in den Sinn, den sie kürzlich gelesen hatte:

Wir Bergleut allzusammen müssen gehen schwarz. Schwarze Kittel und schwarz Leder, das ist die Bergmannsart, trauern bei Lebenszeit.

Heute war der Tag des Abschieds, das hing in jeder Ritze des Gebäudes. Die Stimmung war gedämpft. Zwar liefen auch eifrige Menschen herum, Dienstleister und Presseleute, ebenfalls Politikerwasser- und Taschenhinterherträger, die dafür sorgen mussten, dass das Event glatt lief und der Zeitplan eingehalten wurde, um das Ganze eben wie jeden anderen Termin abzuwickeln. Doch da waren auch Menschen wie Liesa, die eine tiefe Trauer empfanden, sich nicht zu schade waren, diesen Abschiedsschmerz zuzulassen und wussten, dass Tränen fließen würden. Warum auch nicht? Das hier war der Abgesang auf den Ruhrbergbau. Ein Abschied für immer. Aber sie hatte eine Aufgabe und musste sich zusammenreißen. Zumindest für den Moment.

Liesa schob sich an einem Kamerateam vorbei und stellte sich an den Rand, wo auch die anderen Pressevertreter standen, also die richtigen. Ihren Schülerpresseausweis versteckte sie unter dem Mantel. Vor ihr standen einige Reihen dunkel gekleideter Menschen, ganz vorn ragte die Förderkorbanlage auf, ein zweistöckiges gelbes Gerüst. Die orangeroten Arbeitskluften und Helme der Grubenwehr stachen aus dem Schwarz der Menge heraus. In der ersten Reihe standen die Männer in Anzug und Mantel oder in der Bergmannsuniform. Nur wenige Frauen waren anwesend. Husten war zu hören, vereinzeltes Flüstern. Ansonsten war es ganz still.

Liesa hielt unauffällig Ausschau, konnte aber kein bekanntes Gesicht entdecken. Jedenfalls keines, das für ihre Aufgabe von Bedeutung war. Ein Kameraarm schwenkte über ihrem Kopf herum. Sie zog sich weiter in den unbeleuchteten Bereich zurück.

Kälte kroch aus dem Zementboden hoch in ihren Körper. Zugig war es, still, unwirklich. Mitten auf dem Zechenareal stand sie, nah am Schacht, wo sie nichts zu suchen hatte, und teilte mit anderen das Warten. Es fühlte sich irreal an. Liesa schaute auf die schwarzen Vorhänge und die Bühne, die hier sonst nicht stand. Hier würden gleich die Bergleute mit dem letzten

Stück Steinkohle hochfahren und es dem Bundespräsidenten überreichen. Kulissen, dachte sie. Liesa erinnerte sich an den Rand des ausgehobenen Grabes, der mit einem grünen Tuch bedeckt war, das wie Rasen aussehen sollte. Damit man das Erschütterliche nicht sah. Die kalte, schmutzige Endgültigkeit dieser Graberde. Die Erinnerungen wollten sie einschwemmen wie lehmiges Brackwasser, sie verunreinigen und schwer an ihr haften bleiben. Doch sie wischte die Gedanken weg. In diesem Moment ertönte die Schachtglocke. Es wurde vollkommen ruhig und jemand betrat die Bühne. Liesa stellte sich auf die Zehenspitzen. Der Chef des Bergbauunternehmens, vermutete sie. Der Abgesang begann.

Er hielt eine Rede, die so wenig tröstete wie alle Reden zuvor. Niemand sei ins Bergfreie gefallen. Dankbarkeit und Respekt für die geleistete Arbeit und den daraus resultierenden Wohlstand. Stolz und Solidarität, die Tugenden der Bergleute. Das war auf jeder bisherigen Zechenschließung zu hören gewesen. Doch diesmal war es ernst. Hier und heute wurde der deutsche Bergbau zu Grabe getragen.

Mehrere Ehrengäste reihten sich auf der Bühne auf, allen voran der Bundespräsident.

Viermal schlug die Signalglocke, dann zweimal. Gleich ist es so weit, dachte Liesa. Ihr Herz pochte schneller und ihr war, als hielte die Menge den Atem an. Unendlich lange bewegte sich der Förderkorb aufwärts. Er ratterte und schepperte. Ansonsten war es still im Raum. Gebanntes Starren und Warten. Die Stahlseile zogen den Förderkorb empor. Liesas Augen füllten sich mit Tränen. Rattern und Scheppern. In wenigen Augenblicken wird es passieren. Ihr Hals wurde bei diesem Gedanken eng, ihre Brust noch enger. Sie schluckte. Wenn der Förderkorb hier über Tage ankam, geschah das, wovor sie sich schon lange gefürchtet hatte. Dann war es endgültig. Unaufhaltsam. Unendlich schmerzvoll. Jetzt in diesen Minuten stirbt die einzig verbliebene Zeche. Ein letztes Schnaufen und Stöhnen. Dann wird der Deckel draufgemacht.

Als sich das Gitter vor dem schmalen Förderkorb öffnete, traten etwa acht Kumpel heraus. In heller, mehr oder weniger kohlenverschmierter Arbeitskleidung gingen die Bergleute auf die Reihe der Wartenden zu. Im Scheinwerferlicht und unter Blitzlichtgewitter schüttelten sie den Politikern die Hand und man wünschte sich mit ernster Miene »Glück auf«. Ein passender Wunsch, doch es würde nicht mehr aufwärts gehen. Dann stellten sie sich hinter den Politikern auf. Liesa sah dort einen jungen Bergmann, der haltlos weinte. Er wischte sich die Tränen an seiner Arbeitsjacke ab. Da brachen auch bei ihr alle Dämme.

Der Bergmann, der sich zunächst im Hintergrund gehalten hatte, überreichte dem Bundespräsidenten das letzte Stück Steinkohle. Ein ordentlicher Brocken war das, handlich in Quaderform gebracht. Stellvertretend für alle Bergleute überreichte er etwas, was mehr war als Kohle. Es war dieser letzten Zeche entrissen worden, es war ihr großes, schwarzes Kohlenherz. Sie legten dieses Herz, das Schicksal des Bergbaus und somit ihr eigenes Schicksal in seine Hände. Zu treuen Händen. War das Vertrauen gerechtfertigt? »Ein Stück Geschichte«, sagte der Bundespräsident später. Ein Brocken Kohle. Für die Bergleute aber war es ihre ganze Welt. Die Bergleute haben den schleichenden Tod ihrer Zechen ganz ruhig und anständig ertragen, dachte Liesa. Aufrecht und stolz standen sie nun da. Als der Knappenchor das Lied des Bergmanns anstimmte, das Steigerlied, sangen alle die ersten sechs Strophen mit. Liesa sah, wie gestandenen Männern die Tränen herunterliefen. Das Glückauf des Liedes hallte laut, wie zum Trotz, durch die Schachtanlage. Der letzte Ton verstummte. Applaus. Dann war es wieder still.

Die siebte und eigentlich letzte Strophe des Steigerlieds würde später im Festzelt gesungen werden, erklärte der Chorleiter. Das Beste immer zum Schluss, war sich Liesa sicher. Und nur für die Auserwählten. Die Leute strömten schweigend hinaus zum Leichenschmaus. Man stellte sich noch auf der Bühne für Fotos auf. Sortiert, die Bergleute auf der einen, die Würdenträger auf der anderen Seite. Die Presseleute forderten von den Protagonisten bestimmte Posen, um sie abzulichten.

Das war's. Jetzt ist es besiegelt, dachte Liesa, während sie dem Strom der Menschen hinausfolgte. Und es ist bitter. Weil man so gern weitergelebt hätte. Dieser Tod ist keine Erlösung. Er tut nur weh. Was wird morgen sein? Werden wir doch alle ins Bergfreie fallen? Wenn kein Leben mehr auf dem Pütt und in den Streben ist, was passiert dann dort? Werden die Geister wach, die der Umgekommenen und Verlassenen? Rührt der alte Mann sich, dass die Erde bebt? Wird der tote Mann lebendig, uns am Ende die Luft zum Atmen rauben und das Labyrinth aus Finsternis, die dunkle Leere hinter sich einreißen und zusammenstürzen lassen? Wer bleibt dort, wenn der letzte Bergmann das Licht ausgemacht hat? Wenn es zappenduster ist. Mutterseelenallein. Tief unten in der Erde. Glück auf, euch und uns. Liesa schaute auf den grellblau angestrahlten Förderturm. Möge die Zukunft Licht und Tatkraft bringen.

Liesa summte im Kopf die siebte Strophe des Steigerlieds: *Wir Bergleut sein's, kreuzbrave Leut, denn wir tragen das Leder vor dem Arsch bei der Nacht, und saufen Schnaps.*

Kreuzbrave Leut, das galt offenkundig nicht für alle. Mindestens einer der Anwesenden hatte keine Skrupel zu morden.

25

Etwa hundert Meter über ihnen auf der Halde, die wie ein aufgeschütteter Berg hinter dem Bergwerk aufragte, flackerten Lichter, hier unten kaum wahrzunehmen. Dort waren die Menschen, die ebenfalls Abschied nehmen wollten. Die, die nicht eingeladen waren. Sie standen oben auf der Halde, im Dunkeln, im Wind, mit ihren Grubenlampen und Kerzen, dem Licht bei der Nacht. Der Letzte macht nicht das Licht aus, ging es Liesa durch den Kopf. Man löscht es selbst nicht und gibt das Licht an die weiter, die keine Bergleute mehr sind, im Vertrauen darauf, dass auch der andere es niemals löschen würde.

Im benachbarten Festzelt, turnhallengroß und bestens beheizt, waren lange Tischreihen und eine gigantische Bühne aufgebaut. Das Sinfonieorchester und der Bergmannschor mit den rotschwarzen Federhüten hatten ihre Plätze eingenommen. Überdimensionierte Porträts von kohlenschmutzigen Bergleuten ragten hinter der Bühne auf.

Liesa beobachtete das Treiben durch die bodentiefe

Fensterfront und hielt Ausschau nach Timo, Willi und dem Steiger. Hier wimmelte es allerdings von Steigern. Unzählige Bergkittelträger liefen umher, führten Gäste zu ihren Plätzen oder standen in Grüppchen zusammen.

Das Orchester setzte gerade zum Spielen an, als Liesa in der Menge, nur wenige Meter entfernt, einen Mann entdeckte, der Schleheck ähnlich sah. Sie konnte ihn nur von der Seite sehen, teils verdeckt von anderen Personen. Als er sich zu ihr umdrehte, starrte er sie unmittelbar an. Es war ein eiskalter Blick. Panik ergriff Liesa. Der hat mich erkannt, dachte sie. Er schaute sie an wie ein kaltblütiger, gewissenloser Mörder, ein Psychopath. Er könnte meine Leiche auf eine Never-come-back-Tour schicken und problemlos in irgendeinem Stollen verschwinden lassen. Liesa wandte sich ab und drängelte sich durch das Gewirr von Presseleuten, die sich vor dem Festzelteingang tummelten. Sie wusste nicht, wo sie sich verbergen konnte. Jedenfalls musste sie schnell aus seinem Blickfeld verschwinden. Zurück zur Schachthalle? Da wäre sie womöglich mit ihm allein. In welches Gebäude, wohin? Einen von der Grubenwehr ansprechen? Der würde sie rauswerfen oder festhalten. Beides wäre übel. Liesa war völlig auf sich allein gestellt. Leute gingen achtlos an ihr vorbei, sie drehte sich um, versuchte sich zu orientieren. Plötzlich stand er direkt vor ihr, baute sich regelrecht vor ihr auf, den Steigerstock in der Hand, weiße Handschuhe tragend.

»Na, wen haben wir denn da?«, fragte er hämisch. Liesa blieb vor Schreck die Luft weg. Er konnte ihren Namen von dem Schülerpresseausweis ablesen, der ihr aus dem Mantel gerutscht war und jetzt über ihrer Brust baumelte. Schleheck lächelte darüber. Er hatte sie völlig durchschaut. Sie wollte ihm sagen, dass alles anders sei, als er dachte, doch in diesem Moment klingelte ihr Handy. Der Steiger nickte ihr zu, sie solle rangehen. Es war Timo.

»Mit dem Ausdruck, den Sabine uns gegeben hat, stimmt tatsächlich was nicht«, eröffnete er ihr. »Vielleicht hat jemand die Daten manipuliert. Es wäre aber noch einfacher, nach dem Ausdrucken einen Teil mit einem Korrekturroller abzudecken, den Ausdruck dann zu kopieren und voilà! Da haben wir exakt das Schriftstück, das vor uns liegt.« In seiner Begeisterung ließ er Liesa keine Gelegenheit, etwas zu sagen. Ein gefälschter Beweis. Für Liesa schloss sich der Kreis.

»Aber lass uns das vor Ort besprechen.« Timo wartete keine Antwort ab. »Ist Schleheck bei dir?«

Liesa bejahte.

»Okay, ich bin unterwegs.«

»Beeile dich«, bat sie ihn eindringlich. Ihr fiel nichts weiter ein, wie sie ihre Situation unauffällig andeuten könnte, da hatte Timo das Gespräch bereits beendet.

»So, Frollein. Kümmern wir uns mal um unsere Verabredung. Jetzt wird Tacheles geredet.« Schleheck hielt ihr den Steigerstock unter die Nase. Der Stock war etwa einen Meter lang und endete mit einem Aufsatz, der auf der einen Seite eine Art Axt, auf der anderen ein Hammer war. Er dirigierte Liesa weg von dem hellen Festzelt quer über das Gelände. Der Boden war gepflastert und uneben. Liesa stolperte über Reste von Schienen. Immer tiefer drangen sie ins Dunkel. Schleheck wies mit dem Steigerstock auf ein flaches Gebäude, das Liesa vor ihm betrat. Gelb gefliester Gang, Schaukästen an den Wänden, Neonlicht. Ein abzweigender Flur, weit weg von jeglichen Menschen. Sie gingen einige Meter. Nur das Klackern ihrer Schuhe war zu hören, bis der Steiger stoppte und eine Tür öffnete. Er bedeutete Liesa, vorauszugehen.

Jetzt erschlägt er mich, dachte sie, obwohl sie es vorher nicht für möglich gehalten hatte. Jetzt ist es vorbei. Hat er das dem jungen Bergmann damals auch angetan, seinen Schädel zertrümmert?

Wie eine eisige Hand ergriff die Angst ihre Eingeweide.

Idiot, dachte sie. Ich hätte dir etwas Wichtiges mitzuteilen.

Auch als hinter ihr die Tür ins Schloss fiel, drehte sie sich nicht um.

26

Liesa sah zuerst die Bilder an den Wänden, modern angeordnete farbenfrohe Fördertürme. Im Raum befand sich ein Schreibtisch, der so tat, als sei er schlicht. Darauf stand eine patinierte Bronzestatuette auf einem dunklen Marmorsockel. Sie stellte einen Bergmann mit langstieligem Bergeisen dar. Eine auf Hochglanz polierte Grubenlampe, die vermutlich nie ein Bergwerk von innen gesehen hatte, gesellte sich zu einem flachen, schwarzen Festnetztelefon mit beachtlich vielen Tasten. Helle Jalousien und grauer Nadelfilzbelag bekleideten Fenster und Boden. Der zum Schreibtisch passende Besprechungstisch wurde von einfachen Besucherstühlen umringt. Liesa hoffte, dieses Büro würde nicht das Letzte sein, was sie in ihrem Leben sah. Ihr Herz schlug schnell. Kalter Schweiß breitete sich aus. Sie machte vorsichtige Schritte vorwärts und ging dabei wie auf Watte. Auf einem Sideboard entdeckte sie ein Blumengesteck und eine etwa 80 Zentimeter hohe geschnitzte Statue der heiligen Barbara, die der im Foyer des Krankenhauses zum Verwechseln ähnlich sah. Wie zynisch, dachte sie. Einen Turm in der rechten, ein Schwert in der linken Hand schaute die Frauenstatue in den Raum. Zu ihren Füßen ein R-förmiger Förderturm. Steh mir jetzt bei, bat sie. Ihr wurde so schwindelig, dass sie sich an dem Sideboard festhalten musste.

Da sah sie, wie der Sarg in die Graböffnung gesenkt wurde.

Das Grab ist längst geschlossen, Liesa. Du könntest mich wieder einmal besuchen kommen und ein paar Blümchen pflanzen.

Ach, Mutter. Es ist Winter. Und sie spürte diese kalte Hand so eindringlich und schmerzhaft in ihrem Körper wie nie zuvor. Lass doch, du Scheißangst. Lass mich doch in Ruhe. Ihr Körper erstarrte völlig.

Komm mich besuchen, sagte die Stimme ihrer Mutter.

Wenn es wärmer wird, dann komme ich. Versprochen. Eine Träne rollte über ihre Wange. In ihrer Starre konnte sie sie nicht wegwischen. Wie eine Statue aus Eis und Stein stand sie da, unfähig sich zu rühren, während sie im Augenwinkel den Steiger Matthias Schleheck sah.

Du warst es auch, nicht wahr? Eingesperrt in dem Turm, gefangen. So wie ich in meinem Körper eingesperrt bin, der einfach nicht mehr tut, was er tun soll. Mir nicht gehorcht, mit mir macht, was er will. Angst, kam ihr in den Sinn. Es ist Angst. *Nur* Angst. Jetzt reicht es, du Scheißangst. Hau ab, ein für alle Mal.

Liesa wollte sich dagegenstemmen, aber das würde nicht funktionieren. Sie fühlte sich hilflos. Einatmen. Ausatmen. Sie hörte, dass die Tür geöffnet wurde. Jemand betrat den Raum. Du kannst mir nichts. Du kriegst mich nicht klein. Hau ab! Aber die Angst verschwand nicht.

Eine Frau stand dort, Liesa sah es im Augenwinkel. Also doch. Sie hatte es geahnt.

»Sabine, was machst du hier?«, hörte sie Schleheck mit ehrlichem Erstaunen fragen.

»Du bist schuld dran«, zischte sie ihm zu. »Ihr habt den doch auf das Band gelegt, dass er sich den Schädel einschlägt. Ratten seid ihr, schäbige Ratten!«

Stille.

»Ich wollte es dir nie sagen, Sabinchen.« Der Steiger atmete tief durch. »Aber jetzt muss ich es ja wohl. Dein Mann …« Er setzte noch einmal an. »Der Ansgar war sehr wütend. Zu Recht, wie ich ihm zugestehen muss. Er fühlte sich von seinen Kollegen gekränkt und war nicht aufzuhalten. Er hörte nicht auf mich, lief ohne Helm los und hatte dann den Unfall am Band. Es war nichts mehr zu machen, er war sofort tot. Ich habe zumindest dafür gesorgt, dass man es für einen Arbeitsunfall hielt. Ich weiß, dass du mir nicht geglaubt hast, Sabine.« Er schaute sie nun direkt an. »Aber was hätte ich denn tun sollen? Dir sagen, dass seine Kumpel zu blöd waren, mit dem Denkzettel bis nach der Schicht zu warten, und dass dein Mann sich vor lauter Wut und Dummheit den Schädel eingeschlagen hat? So warst du wenigstens abgesichert.«

»Abgesichert?« Sabine schleuderte ihm das Wort ins Gesicht wie einen schmutzigen Lappen.

Eine Weile geschah nichts.

»Sabine –«, sagte Schleheck leise.

»Du!«, unterbrach sie ihn barsch. »Wage es nicht!«

Liesa hatte den Eindruck, dass sich Schleheck von der Frau zurückzog. Dann war es wieder so still, dass Liesa ihr Herz hämmern hörte.

»Du willst also weg von hier, ja?«, fragte Sabine plötzlich. »Ich hab es in der Zeitung gelesen. Heute war deine letzte Schicht.« Sie erhob sich und ihre Stimme war kalt und klar. Liesa versuchte, sie ins Blickfeld zu bekommen. Was hatte Sabine vor?

»Du meinst also, du könntest abhauen. Aber du gehörst hierher, genau wie ich. Und wie Ansgar. Es hat ja jetzt sein Ende.« Sie lächelte schief und ging ihm entgegen. Schleheck legte seinen Steigerstock beiseite und wandte sich dabei von Sabine ab.

Liesa war in ihrer Angst gefangen und völlig erstarrt. Ihr Herz raste und stolperte, dass ihr die Luft wegblieb. Am ganzen Körper klebte die Kleidung schweißnass. In ihrer Panik schloss sie die Augen. Sie wollte nachgeben und einfach untergehen, in ein Loch fallen, das sie in die Tiefe hinabziehen würde, weg von diesem Geschehen, weg von der Angst. Doch sie zwang sich, die Augen wieder zu öffnen und nicht auch noch ihren Verstand zu verlieren. Denn hier stimmte etwas nicht. In Sabines Hand war etwas.

Lass sie doch, sagte eine sanfte Stimme in ihr. Lass los.

Ja, lass mich doch, hörte sie, und zum ersten Mal sprach die Angst zu ihr. Ich bin ein Teil von dir.

Liesa sah etwas in Sabines Hand aufblitzen.

Ich bin du, Liesa. Wie du erstarrst und wie du trauerst. Ich stand mit dir am offenen Grab.

In Liesa breitete sich ein Gefühl der Erkenntnis und des Begreifens aus. Ja, so ist es, dachte sie. Du bist ein Teil von mir. Okay, wir machen einen Deal. Und das muss jetzt schnell gehen. Du darfst weiter in mir wohnen. Das war's dann auch schon. Keine Übergriffe, keine faulen Tricks. Du wirst mich nicht überwältigen, nie wieder stärker sein, als ich es zulasse. Sie sah, wie Sabine den Steiger bedrohte. Wie sie mit einem Messer ausholte. Liesa kämpfte noch mit sich, als Schleheck aufschrie. Auch Sabine schrie, Blut tropfte von ihrer Hand.

Damit kann ich leben, hörte sie sich und ihre Angst übereinstimmen. Und als zeigte sie ihr Einverständnis, zog sich die kalte Hand zurück. Endlich, die Starre löste sich. Gerade noch rechtzeitig, um sich die hölzerne Barbara-Statue zu greifen und sie Sabine entgegenzuschleudern. Die stierte Liesa gleichermaßen überrascht wie entsetzt an, wehrte die schwere Holzfigur nur schwach und viel zu spät ab, strauchelte und fiel, sodass ihr die Waffe entglitt. Liesa schnellte vor und kickte das Messer weg. Blut spritzte dabei herum.

Im nächsten Moment war der Raum voller Bergleute, die Sabine überwältigten und den blutend auf dem Boden liegenden Steiger versorgten. Aus dem Knäuel der Männer trat Timo hervor.

»Das war knapp«, kommentierte er.

»Jepp«, sagte Liesa. Sie atmete tief durch und ließ sich auf einen der Besucherstühle fallen. »Ich hatte vorher noch etwas auszuhandeln.«

Timo guckte sie skeptisch an. »Ist klar. Na, eigentlich ist das nicht klar.«

Liesa lächelte nur. Sie hob die Barbara-Statue auf und strich über sie.

Na, alles okay bei dir?, fragte sie diese in Gedanken. Siehst gut aus, altes Mädchen. Der historischen Barbara hätte diese Aktion bestimmt gefallen.

Ein Securitymann steckte seinen Kopf zur Tür herein.

»Was ist hier los?«, wollte er wissen und guckte von einem zum anderen. Als er Schleheck entdeckte, der aus einer Wunde an der Schulter blutete und dem gerade von einem Bergmann aufgeholfen wurde, fragte er, ob er Hilfe brauchte.

»Das ist unser Revier, Steiger«, erklärte einer der Bergleute an Schleheck gewandt. »Wir machen das schon.«

Schleheck nickte und winkte den Securitymann heraus.

»Bergrecht«, behauptete er.

Ein weiterer Bergmann grinste. »Jo, Bergrecht geht immer vor.« Damit beriefen sie sich auf ein Vorrecht, das nach Liesas Wissen unter Tage galt. Man durfte dort einen Verbrecher festsetzen. Schließlich konnte in über 1.000 Metern Tiefe schwerlich die Polizei gerufen werden.

Bevor Sabine von zwei Bergleuten hinausgebracht wurde, setzte sie zu einer Erklärung an: »Ich habe euch aus eurem Rattenloch gelockt«, schnaubte sie. »Den Steiger habe ich mir ganz für den Schluss aufbewahrt. Alle sollten wissen, was er verbrochen hat, was für eine feige Ratte er in Wirklichkeit ist. Er sollte dafür büßen, was er meinem Ansgar angetan hat.« Liesa tat die Frau leid. Dann blickte sie in Sabines Abgrund.

»Ich habe so oft den verdammten Förderturm gesehen«, fuhr Sabine fort, »musste ansehen, wie sich die Seilscheiben drehen und im Schichtrhythmus Männer herunterließen und wieder hoch, und auch ihn, den man nicht als Mensch bezeichnen kann.« Sie starrte Schleheck hasserfüllt an. »So oft habe ich darüber nachgedacht, es ihm heimzuzahlen. Ihn zu entlarven, ihm die Maske herunterzureißen, damit alle sein wahres Gesicht sehen würden. Seine widerliche Fratze. Alle sollten es erkennen! Und es musste damals jemand geholfen haben, sein Verbrechen zu vertuschen. Niemand könnte dann mehr sagen: ›Ach, Sabinchen, das reimst du dir doch nur zusammen. Das bildest du dir nur ein. Davon wird dein Ansgar auch nicht mehr lebendig.‹ Ich wollte sie alle erledigen. Die Mörder ans Tageslicht zerren und vernichten.« Sabine lächelte Liesa beim Herausgehen an. Diese nickte und sah ihr nach.

Schleheck war nur oberflächlich verletzt. Er bat die Kumpel zu warten, die ihn zur weiteren ärztlichen Behandlung bringen wollten.

»Ich hab noch was mit euch zu klären«, sprach er Timo und Liesa an.

Sie seufzte innerlich.

»Ich bin nicht stolz auf das, was war«, begann er. »Wir sind keine Engel.« Er schaute Liesa und Timo eindringlich an. »Aber wir bringen keinen um. Wir machen Fehler und müssen dann mit den Konsequenzen, mit dem Mist leben. Wir standen doch zusammen und haben aufgepasst, dass alle heile wieder hochkommen.«

Bis auf einen, dachte Liesa.

»Und die Gerüchte? Der Beweis für die vielen Unfälle?«, wollte sie wissen.

»Nur Gerede. Der Schulte-Grafenkamp senior, der Vater von dem verunglückten Kumpel, hatte immer vor, in der Gewerkschaft groß Karriere zu machen, aber den hat keiner unterstützt. Und als er merkte, dass für ihn jeder Zug abgefahren ist, hat er seinen Sohn aufgebaut. Der hat den regelrecht aufgestachelt. Dann hat er vermeintliche Beweise gegen mich zusammengetragen. Da war aber nichts dran. Meine Schichten waren sauber.«

Timo bestätigte. »Deshalb hat er fleißig gesammelt und später wurde das Material gefälscht.«

Vermutlich von Sabine, dachte Liesa, um den Steiger zu diskreditieren.

»Der alte Grafenkamp hat damals kübelweise Dreck über mich geschüttet und versucht, meinen Ruf zu ruinieren. Ich wäre fast meinen Job losgeworden. Dabei bin ich mit vollem Herzen Bergmann. Und als ich hörte, dass der Andreas Goretzka die alte Geschichte wieder ausgraben will, dachte ich, ich spinne.«

»Und ihm gesagt, er soll die Toten ruhen lassen«, meinte Timo.

Der Steiger reagierte sichtlich irritiert. »Den hab ich gar nicht mehr gesprochen. Ich bin überhaupt nicht dazu gekommen, bei dem ganzen Terminstress hier.«

»Das war Sabine«, stellte Liesa klar. Die hatte sie schön aufs Glatteis geführt. »Und der junge Bergmann? Wer war nun schuld an seinem Tod?«

»Den Ansgar Schulte-Grafenkamp«, meinte Schleheck, »den haben seine Eitelkeit, seine Dickköpfigkeit und sein krankhafter Ehrgeiz umgebracht. Und am Ende«, sagte der Steiger finster, »hat sich den der Berg geholt.« Er fasste sich an die notdürftig versorgte Wunde, nickte Liesa und Timo zu und verließ den Raum.

Nun waren sie allein.

»Es ist vorbei«, sagte Timo sanft und nahm Liesa in den Arm. Sie begann zu weinen und ließ los.

27

Oma Kwatkowiak hatte zum Essen geladen. Das konnten sich Timo und Liesa nicht entgehen lassen. Wie es schon Tradition geworden war, fanden sie sich am Küchentisch ein, um zunächst über das Erlebte zu reden.

»Du hast wirklich die heilige Barbara auf sie draufgeworfen?«, fragte Oma. Sie stand im Wasserdampf der vor sich hin köchelnden Reibeklöße und rührte in einem Topf herum. »Watt et nich allet gibt.«

»Was die Liesa einem aber auch alles an den Kopf werfen kann …«, neckte Timo.

»Sag nichts«, zischte Liesa ihm zu. Sie begutachtete die goldfarbene Tischdecke mit aufgestickten Kerzen und Stechpalmenzweigen. Der Duft von geschmortem Braten erreichte ihre Nase. »Wo war Willi eigentlich währenddessen?«, wollte sie wissen und rieb ungläubig über die scheußliche transparente Schutzfolie, die Oma auf die Decke gelegt hatte. »Ich hab ihn da überhaupt nicht gesehen.«

»Der hat sich mit einem Securitymann angelegt«, erklärte Timo.

»Nicht schon wieder!«

»Alles okay. Das hatten die miteinander abgesprochen, damit die anderen Kollegen sich freier bewegen konnten.«

Ja, der Plan, dachte Liesa. Eigentlich hatten sie den Steiger in die Falle locken wollen. Sie und Timo wollten ihn zur Rede stellen, Timo hätte dies mit einem Aufnahmegerät festgehalten. Sie hatten sich so etwas wie ein Geständnis erhofft oder eine persönlich ausgesprochene Drohung. Natürlich wäre die Aufnahme vor Gericht nicht als Beweismittel akzeptiert worden, aber es hätte Schleheck dazu bringen können, nach so langer Zeit auszusagen und sein Gewissen zu entlasten. Willi sollte mit seinen ehemaligen Kollegen den Weg frei machen, damit es zur Konfrontation kam. Gleichzeitig hielten sie sich im Hintergrund und passten auf, dass nichts Schlimmeres passierte. Leider wurde Timo aufgehalten. Und Liesa hatte in der Zwischenzeit eins und eins zusammengezählt.

»Und wo ist der gute Willi jetzt? Streitet der immer noch mit der Security?« Liesa grinste.

»Der versucht gerade, den Menschen von der Versicherung davon zu überzeugen, dass die Explosion seiner Gartenlaube ein Brandanschlag auf ihn und meinen Vater war. Inzwischen hat er auch die Zeitschaltuhr vorgezeigt und die Ermittlung der Polizei ins Rollen gebracht. Die war nicht begeistert, dass Willi ihnen das Teil vorenthalten hatte.«

Das konnte sich Liesa gut vorstellen.

»Steckt wirklich Sabine hinter dem Anschlag?«, fragte Timo. »Wie hat sie das gemacht?«

»Ja, sie hat es der Polizei gegenüber zugegeben«, erklärte Liesa. »Eigentlich ist das nicht schwer. Sie hat Willis Propangasflasche, die er im Schuppen neben der Laube aufbewahrt, geöffnet, eine Batterie per Zeitschaltuhr zu einem bestimmten Zeitpunkt kurzgeschlossen und wenn der Willi reinkommt – kawumm!« Liesa gruselte die Vorstellung, es hätte sich wirklich jemand dort drinnen aufgehalten.

So ganz klar war Timo der Ablauf aber noch nicht. »Woher wusste sie denn, wann der da ankommen würde und dass er das überhaupt tun würde? Hat sie ihn beschattet?«

Liesa bejahte. Sie musste Andys Haus beobachtet haben. Mutmaßlich saß sie gegenüber im Auto, in ihrem dunklen Geländewagen, rief ihn per Handy an und wartete ab, was passierte. »Andy schnappt sich sofort Laptop und Jacke und ist hastig zu Willi rüber. Beide sind zur Kleingartenanlage gefahren, wo sich Andy dann versteckt hielt. So einfach ist das.«

Das leuchtete Timo ein. »Und Sabine hatte genug Zeit, sich etwas Nettes für die beiden auszudenken und vorzubereiten.«

»Genau. Sie war sogar so clever, das aufgeknackte Vorhängeschloss an Willis Schuppen durch ein mitgebrachtes zu ersetzen. Deshalb ist ihm erst einmal nichts aufgefallen.«

Liesa musste Sabine zugestehen, dass sie selbst auf dieses Detail nie geachtet hätte.

»Dumm nur«, sagte sie, »dass Andy gar nicht mehr in der Laube war und Willi auch nur kurz reinguckte, um die Wolldecke zu holen. Sie hat eine leere Gartenlaube in die Luft gejagt.« Eigentlich war es um Willis Laube nicht schade, dachte Liesa. Wenn man bedachte, wie es darin ausgesehen hatte. Heiß saniert nannte man das doch. Einmal sauber gemacht, Willi, Grund reingebracht, Endreinigung inklusive. Jetzt kannst du schön von vorne anfangen.

Oma schob ihr die aktuelle Ausgabe des Stadt-Anzeigers zu. »Guck mal, der Willi ist drin. Mit seiner Laube.«

Liesa las vor:

Von der Laube blieben nur Trümmer übrig

Feuer-Inferno in der Kleingartenanlage »Grüne Lunge e. V.« in Bottrop! Anwohner wurden gegen 8.40 Uhr aufgeschreckt. Eine Detonation schallte durch die Stadt. Die Explosion zersprengte eine Laube und brachte die benachbarten Häuser zum Beben. Die Nachbarn sind geschockt.

53-Jähriger entgeht knapp dem Tod

Glücklicher Zufall: Es hätte wohl ein Todesopfer gegeben, wenn der 53-jährige Gartenbesitzer Willi K. nicht kurz zuvor die Laube verlassen hätte. Die Flammen schlugen meterhoch aus der Laube. Das Feuer griff auf zwei Schuppen über. Auch sie wurden komplett zerstört. Bis auf zwei kleine Mauerteile ist die Laube abgefackelt. Allein der Propangasofen steht noch aufrecht. Der Rest der Laube liegt in Trümmern verteilt auch in den umliegenden Gärten. War es der leichtsinnige Umgang mit Gas oder Brandstiftung? Wie es zu der Explosion kommen konnte, wird jetzt ermittelt.

Liesa erinnerte sich lebhaft an die völlig zerstörte Gartenlaube. Ein verwüstetes Drumherum, was einmal Willis Gartenparzelle war. Die Wühlmäuse waren nach dem Vorfall vermutlich freiwillig weitergezogen.

»Was ist jetzt mit Sabine?«, fragte Oma, legte zwei Topflappen zur Seite und setzte sich zu Liesa und Timo. »Ist sie verletzt?«

Liesa erklärte, dass Sabine eine Platzwunde und eine Gehirnerschütterung davongetragen hatte. Nun befand sie sich in einer Klinik, weil nicht auszuschließen war, dass sie sich nach alldem etwas antun könnte. Liesa sandte ein kurzes Stoßgebet an die heilige Barbara. Möge sie wieder ganz gesund werden. Tatsächlich war sie mehr als alle anderen eine Eingeschlossene. Das würde wohl auch so bleiben.

Sabine entpuppte sich also als die Drohende, die Brandanschlägerin, die Attentäterin, die Zungen-Einwerferin. Die drei Ex-Bergleute waren allerdings nicht unschuldig an dem Vorfall von 1995. Aber tot war Ansgar Schulte-Grafenkamp, weil seine Dickköpfigkeit ihn da hineingetrieben hatte. Der Steiger hatte dies als Arbeitsunfall ausgegeben, was zum einen zu Sabines Vorteil war, ihn zum anderen aber auch selbst entlastete. Schließlich hatte er die Bergleute dazu angestachelt, ihm eine Abreibung zu verpassen. Die nahmen es wortwörtlich, schlugen Ansgar noch an Ort und Stelle, woraufhin er wütend ohne Helm losrannte und seinen tödlichen Unfall verschuldete. Der Steiger versuchte, seinen Fehler auszubügeln und mit einer reinen Weste dazustehen. Das war ihm nicht wirklich gelungen. Sabine war davon ausgegangen, dass ihr Mann, Ansgar Schulte-Grafenkamp, damals umgebracht wurde oder dass zumindest die Männer der Schicht dafür verantwortlich waren und das vertuschen wollten. Sie hatte erfahren, dass Andy an dem Vorfall beteiligt war und die Geschichte aufschrieb. Sie wollte an ihn und die anderen, die damit zu tun hatten, herankommen. Mit dem Drohanruf scheuchte sie ihn und unseren Willi auf.

»Es sollte wohl auch noch so aussehen, als hätte Schleheck den Brandanschlag verübt. Auf diese Weise wollte sie sich an ihm rächen«, erklärte Liesa. »Man sollte denken, dass er ein rücksichtsloser Mörder ist. Denn dafür hielt Sabine ihn ja auch.« Wir ebenfalls, ergänzte Liesa in Gedanken.

Der Anschlag war gründlich schiefgegangen. Schließlich wollte sie wenigstens den Steiger in die Finger kriegen, der schien ihr am wichtigsten. Die anderen hätte sie auch später noch erwischen können. Der

Steiger hatte kundgetan, nach dem Abgesang abzutauchen, das wusste sie aus der Zeitung. Danach hätte sie nicht mehr so einfach seiner habhaft werden können.

»Und sie hat den Beleg gefälscht, damit wir schön weiter hinter dem Steiger her sind.« Liesa ärgerte sich. Das Übergeben des angeblichen Beweises war von Sabine geplant gewesen. Sie hatte sie benutzt, manipuliert, beobachtet. Erst wollte sie den Ruf des Steigers ruinieren, anschließend ihm selbst und den Beteiligten von 1995 an den Kragen.

»Aber so weit ist es nicht gekommen. Weil Liesa so beherzt eingegriffen hat.« Oma war sichtlich beeindruckt.

»Sieg auf der ganzen Linie«, bestätigte Timo.

Liesa lächelte. Sie hatte in der Situation sogar ihre Angst besiegt. »Wie ist sie eigentlich durch die Absperrung gekommen? War sie etwa eingeladen?«

»Vitamin B, Schätzken«, erklärte Oma. »Datt kennste doch hier in Bottrop. ›B‹ wie ›bisse von hier, dann kennze den und dann kannze datt‹ …«

Ja, das kannte Liesa. Bei ihr stand »B« aber für Bergleute. Ohne deren Hilfe hätten sie Sabine Schulte-Grafenkamp nicht überführt. Das ist keine Folklore, dachte sie. »Der Kumpel bleibt«, hieß es. Das hatte man ihnen beim Abgesang versprochen. Das war gelebtes Miteinander. Auf den anderen war Verlass.

»Du bist übrigens auch in der Zeitung.« Oma raschelte beim Umblättern und verbarg ihr Schmunzeln hinter dem Papier.

»Ach ja?« Liesa war gespannt. Wussten die Bottroper Bürger schon von ihrer Heldentat? Oma hielt ihr die Seite hin. Liesa suchte eine Weile, bis sie die wenigen Zeilen gefunden hatte. Von Vandalismus am Rande der Feierlichkeiten war die Rede. Wie enttäuschend und peinlich. Nur, weil sie die heilige Barbara durch die Gegend geworfen hatte. Timo und Oma lachten.

»Wurde ja geklärt«, brummelte die Vandalin. »Und es ist fast nichts drangekommen.« Von der eigentlichen Sache hatte der Lokalreporter offenkundig nichts mitbekommen. Von dem Blut, den Schreien, dem Kampf. Auch in ihrem Inneren.

»Was ich nicht verstehe: Woher wusste Sabine von Andy und dem Buch?«, fragte Oma.

Timo und Liesa erklärten abwechselnd. Sabine hatte sie beide auf die falsche Fährte geführt mit ihren Andeutungen über Schleheck und dem gefälschten Beweis. Wie ärgerlich das war, komplett darauf reinzufallen. Sabine musste sich gefreut haben, dass die Dilettanten vorbeikamen und ihre Häppchen, die auf Schlehecks Schuld hindeuteten, zu gerne aufschnappten. Eine manipulative Frau, meinte Liesa, die viel Zeit hatte, sich einen Plan zu überlegen. Der Zufall wollte es, dass Andy ihr über den Weg lief und sie zu seiner Therapeutin führte. Dort als Bürokraft untergekommen, konnte sie in Andys Patientenakte herumschnüffeln. Der Hinweis auf Andys Schuldgefühle wegen eines Todesfalls im Jahr 1995 ließ sie aufhorchen und brachte alles in Gang. Andy hatte mit der Therapeutin besprochen, das Vorgefallene zu notieren, sich sozusagen die Last von der Seele zu schreiben. So wurde das Buchprojekt geboren. Für Sabine tat sich eine Möglichkeit auf, sich zu rächen. Sie wollte den Schuldigen erledigen. Zusammen mit Willi wollte sie Andy in der Laube umbringen und es dem Steiger in die Schuhe schieben.

»Ich hatte bei Sabine eine Visitenkarte von der Psychotherapeutin Vogel gesehen«, erklärte Liesa. »Der Zusammenhang zwischen Sabines Bürojob und Andys Therapiestunden ging mir erst nicht auf.« Sie zog ein Gesicht.

»Dabei hatte ich sie sogar am Telefon, als ich wegen Andy anrief. Allerdings habe ich nicht mal ihre Stimme erkannt.« Okay, das disqualifiziert mich endgültig, dachte Liesa. Eine Karriere als Meisterdetektivin kann ich somit vergessen. »Dann habe ich den Geländewagen vor der Praxis Vogel stehen sehen und es machte Piep.« Sie lachte auf.

Es blieb allerdings ungeklärt, wer Timos Auto lahmgelegt hatte. Eventuell hatte sie Hilfe von ihrem Sohn, Gipsarm hin oder her. Einiges konnte auch nur Sabine selbst wissen. Die Polizei befasste sich aktuell damit, Licht ins Dunkel zu bringen. Dabei hatten sie beste Vorarbeit geleistet, fand Liesa.

»Fast hätte ich es vergessen. Ich soll dich von meinen Eltern grüßen«, richtete Timo Liesa aus. Martina hatte ihren Andreas wieder zurück, der auch im Hintergrund kräftig mitgemischt und geholfen hatte, die Bergleute-Gang zu organisieren.

Liesa war neugierig. »Was wird eigentlich aus Andys Buchprojekt?«

Timo schloss kurz die Augen und erklärte: »Er hatte nicht mehr als ein paar Sätze geschrieben. Das mit dem Schreiben war ja noch nie sein Ding.«

Na prima, dachte Liesa. Das alles wegen einer nicht aufgeschriebenen Geschichte.

»Und das mit dem ersten Drohanruf«, berichtete Timo, »haben wir ja auch nicht gleich kapiert. Der kam von Sabine aufs Handy und nicht vom Steiger aufs Festnetztelefon, wie wir zuerst dachten.«

Wieder einmal perfekt deduziert, Shamrock Holz, lobte sich Liesa in Gedanken. Sie sollten das Schnüffeln, äh Deduzieren zu ihrem Beruf machen.

»Man kann der heiligen Barbara nur danken«, bemerkte Timo.

»Und dem Umstand, dass unsere Liesa kein Leichtgewicht ist«, fuhr Oma fort. »So ein Hungerhaken wie die dünnen Models im Fernsehen hätte die Barbara doch nie wuchten können, oder?«

»Kawenzmann«, flüsterte Timo Liesa zu.

»Pass auf, was du sagst, Nerd«, flüsterte sie zurück. »Und wenn überhaupt, dann Kawenz*frau*.«

»Anna log.« Timo grinste.

»Ja, Epi und Pro auch.« Sie lachten.

»Echt?«, fragte Oma. »Watt haben die denn alle damit zu tun?«

»Und die Geo«, prustete Liesa, »logen auch.«

»Ach, ihr wollt mich doch veräppeln«, tat Oma ab, wandte sich den Klößen und womöglich schon dem nächsten mysteriösen Fall der Kwatkowiaks zu.

EPILOG: JANUAR 2019

Der Berg beruhigte sich, ihre Welt stürzte nicht ein. Die Fördertürme und Waschkauen, Lohnhallen und Arbeitersiedlungen standen noch. Die Schächte, Stollen, Strebe, Flöze und Alten Männer verzweigten sich weiterhin unter dem Revier.

Liesa stellte die Bronze-Statuette auf ihren Schreibtisch und las die Inschrift: »Tradition ist das Bewahren des Feuers und nicht die Anbetung der Asche.« Was für ein wunderbares Geschenk.

Sie sah auf den Bildschirm, klickte auf den Abschicken-Button und atmete tief durch. Was weg ist, ist weg, würde Oma sagen. Und was sein muss, muss sein. Anschließend klappte sie den Laptop zu. Nun erhielt ihre Uni die bereits überfällige Seminararbeit. Bald würden die Vorlesungen wieder beginnen. Okay, es waren noch nicht alle Probleme gelöst. Aber für den Moment ist es gut, wie es ist, dachte Liesa. Ihr Herz schlug weiterhin links in ihrer Brust, und zwar ruhig und gleichmäßig. Wenn es losgaloppieren wollte, zähmte sie es geduldig. Die Angst wohnte in ihr und alles andere. Das Verlorene lebte mit ihr im Jetzt und würde es auch morgen noch tun.

Sie würde ihrer Mutter einen Grabstein anfertigen lassen und eine Grablampe für das ewige Licht. Ich komme dich bald besuchen, versprach sie in Gedanken. Vielleicht mit Timo. Und wenn es wärmer wird, bringe ich dir Blumen mit und das hier. Sie schaute die kleine Statue der heiligen Barbara an und lächelte.

Lied des Bergmanns (Steigerlied):

Glück auf, Glück auf!
Nun stehn die Räder still.
Doch die Flamme brennt weiter,
auch am Tag und bei der Nacht.
In Ewigkeit.

(8. Strophe zum Bergbau-Ende,
Text: Sylvia Sabrowski 2018)

NACHWORT

Die Figuren in meinem Roman *Zechentod* sind frei erfunden, Ähnlichkeiten mit lebenden oder verstorbenen Personen sind rein zufällig und nicht beabsichtigt. Allerdings mit einer deutlichen Ausnahme. Die zentrale Abschiedsveranstaltung am 21. Dezember 2018 in Bottrop auf dem Gelände der Zeche Prosper-Haniel spielt in dem Roman eine wesentliche Rolle. An jenem Tag wurde Geschichte geschrieben und viele Menschen haben den emotionalen Abschied in den Medien verfolgt. Manche der offiziellen Akteure, die tatsächlich anwesend waren, habe ich angedeutet, weil sie den realen Rahmen für die erfundene Handlung des Romans bilden.

Um die Geschichte spannend zu erzählen und den Leser nicht mit Details zu langweilen, habe ich mir bezüglich der Bottroper Zechenanlagen Vereinfachungen erlaubt. Über die Stadt verteilt gibt es mehrere Zechenareale, die unterschiedlich genutzt wurden. Folgende spielen im vorliegenden Roman eine Rolle: Es wurde bis zuletzt in Schacht 10 in Bottrop-Kirchhellen eingefahren, auch wenn Sabine offenbar ganz in der Nähe des Förderturms von Schacht 9 wohnt. Ich habe mir erlaubt, diese beiden Orte zusammenzuführen. Der Kundige möge es mir verzeihen. Die offizielle Abschiedsveranstaltung fand, wie im Roman beschrieben, auf dem Gelände von Prosper-Haniel statt, genauer gesagt auf der Schachtanlage Franz Haniel.

Das Bild auf dem Cover zeigt jedoch den unter Denkmalschutz stehenden Malakoffturm mit Fördergerüst von Prosper II. Zwar ist dieser Ort nicht direkt Schauplatz meines Romans, aber ich kann mir durchaus vorstellen, dass mein Urgroßvater Ende des 19. Jahrhunderts als Fuhrmann dort mit dem Pferdewagen Waren anlieferte und dessen Sohn, mein Großvater (in Bottrop sagt man »Oppa«), dort als Bergmann unter Tage malocht und das »schwarze Gold« noch mit der Spitzhacke aus dem Stein gehauen hat. Ihnen und all den anderen ehemaligen wie auch den noch wenigen aktiven Bergleuten und ihren Familien möchte ich diesen Roman widmen. Wir haben den »Zechentod« gemeinsam erlebt.

Ich möchte abschließend allen Personen danken, die mich im Verlauf der Recherche und des Schreibens mit Informationen, Eindrücken, Ermutigung und Kritik unterstützt haben, ohne hier explizit Namen zu nennen. Für alle fachlichen und sonstigen Fehler, die im Roman enthalten sein sollten, bin ich selbst verantwortlich.

Sylvia Sabrowski